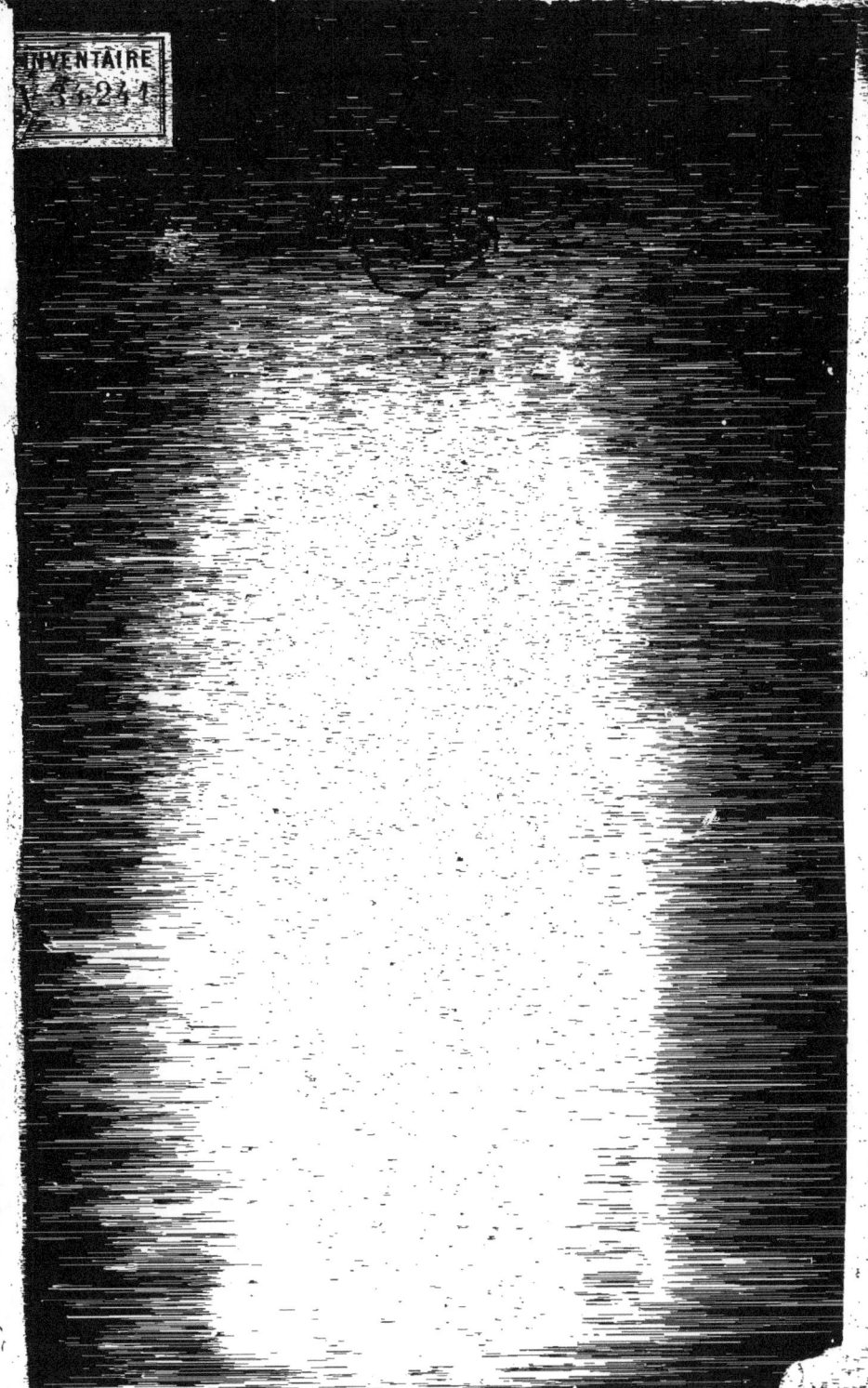

Par Alphonse Cézard
de Barbier

LA SITUATION

ACTUELLE

DU COMMERCE

ET DE L'INDUSTRIE

EN FRANCE

Nantes

QUAI DE LA FOSSE. — IMP. DU COMMERCE. — ÉVARISTE MANGIN.

1861.

A MES AMIS DE NANTES.

Ceci n'est pas une brochure, encore moins un livre ; c'est un recueil de notes ou plutôt une profession de foi qui demande la plus grande indulgence du lecteur. Puis-je mieux faire que de le dédier aux personnes, aux amis inconnus qui m'ont déjà accordé leurs sympathies en votant pour moi.

Je l'adresse aux partisans de l'abstention, car mon ambition est d'attirer les plus nombreux adhérents aux principes conservateurs auxquels j'aurais été heureux de me dévouer. Je ne l'adresse pas aux amis de l'administration ; ils disent ne pas me connaître, et je crois avoir appris à les trop bien connaître.

Aurai-je perdu quelques amis, en aurai-je augmenté le nombre en exposant loyalement mes idées sur quelques unes des questions qui touchent à tant de nos puissants intérêts et que nos députés auraient pu défendre ?

Nantes, 30 novembre 1861.

I.

Si le maintien des bonnes relations politiques entre la France et les pays avec lesquels nous avons lié des relations commerciales est indispensable à la prospérité de notre commerce, la stabilité de la loi qui le régit n'est pas moins l'une des conditions essentielles de cette prospérité.

Sans la paix et sans la stabilité de la loi, ou plutôt sans l'observation des conventions qui lient les gouvernants et les gouvernés, il n'y a pas et il ne peut y avoir de confiance. Sans la confiance, il n'y a pas de commerce.

Aussi n'avons-nous pas besoin de remonter

bien avant dans notre histoire commerciale
pour trouver l'explication de cette difficulté
qui existe aujourd'hui dans les affaires, de cette
langueur dans les transactions, situation difficile qui, à mon avis, ne peut qu'empirer chaque
année.

———

La guerre avec la Russie, après de longues
années de tranquillité, avait éveillé dans le
commerce français de grandes craintes. Cependant la rupture de la paix, loin d'amener les
difficultés tant redoutées, parut, aux yeux de
beaucoup de personnes, être la cause du développement d'activité qui se fit remarquer à cette
époque. A ceux qui s'étonnaient de voir la guerre
et la prospérité marcher de front en France, bon
nombre de gens répétaient que ce fait, d'une
prospérité industrielle et commerciale inouïe
au moment d'une guerre, était la preuve irré-

futable de la confiance illimitée du pays dans un gouvernement absolu.

Il eût été mal venu celui qui eût pu trouver une autre explication d'une pareille anomalie.

Notre commerce avec la Russie était de faible importance ; tout faible qu'il était, il pouvait encore, malgré la guerre, se produire par les pavillons neutres, au besoin par le transit de la Hollande, de la Prusse et de l'Autriche.

Eussions-nous même été réduits à suspendre complètement nos relations commerciales avec la Russie, le capital qui y était consacré devait trouver, pour son emploi, un champ assez vaste dans le développement commercial et industriel de l'Angleterre, avec laquelle nous étions alliés ; dans le développement commercial et industriel non moins grand des autres nations qui nous avaient garanti leur neutralité; dans ces spéculations de Bourse, dans ces innombrables créations d'institutions de crédit qui donnaient des dividendes si élevés, sauf à déposer leurs bilans quelques années plus tard.

Tout en rassurant le commerce et l'industrie, ne pouvait-on cependant les engager à ne pas franchir les limites de la prudence ? car cette prospérité, dont on faisait tant d'étalage, était factice.

Celui qui eût été dire à son pays qu'en prêtant au gouvernement un capital de plus d'un milliard, il vivait de ce capital qui rentrait entre ses mains, sous toutes les formes, par les nombreuses dépenses de la guerre ; qu'en mettant un capital plus immense encore dans ces institutions de crédit que présentait alors la Bourse de Paris, il retirait follement au commerce et à l'industrie leurs plus précieuses ressources, abandonnait le certain pour l'incertain et confondait étrangement l'esprit d'entreprise avec l'esprit d'aventure ; que loin d'attirer ses capitaux, cet appât des dividendes élevés devait les effrayer, chaque dividende ne pouvant être, en réalité, que des fractions de ces mêmes capitaux destinés à disparaître un jour ; celui-là, enfin, qui eût tenu un pareil langage, se fût exposé à bien des accusations.

La France n'avait-elle donc à ce moment, pour l'homme qui aurait eu le courage de ses convictions, d'autre manière de lui témoigner sa reconnaissance que de le ranger parmi les ennemis du gouvernement et du progrès de son pays ! (La banale accusation contre les anciens partis, qui prétend tout dire et ne signifie rien, n'était pas encore inventée.)

Quelques années plus tard, les faits allaient pourtant lui donner raison. De toute cette sur-excitation d'activité industrielle, commerciale et financière, que reste-t-il aujourd'hui ? — Beaucoup de ruines, un grand dégoût pour tout ce qui exige du travail, une désillusion profonde. Le travail, ce travail honnête qui enrichit

toujours l'homme qui s'y livre, dans quelque
condition que Dieu l'ait placé, ce travail tend à
disparaître rapidement. Les commerçants, les
industriels, les ouvriers qui ont pu lire nos débats législatifs, ne les ont pas dû lire, j'en
suis sûr, sans éprouver quelque tristesse. Ce
travail languit, parce qu'il n'est plus res-
pecté. Il n'est plus aimé, parce qu'il n'enrichit
qu'après de longues années, et que le résultat
moral de notre prétendue prospérité de 1854
est d'avoir répandu, dans toutes les classes de
notre société, le désir de s'enrichir par un coup
du sort ; en sorte qu'il n'est pas étonnant de
rencontrer aujourd'hui, en France, un amour
effréné pour l'argent et les jouissances qu'il pro-
cure, joint à un amour non moins grand de la
paresse.

Après avoir surexcité le commerce et l'industrie, l'engouement financier devait avoir une
réaction d'autant plus désastreuse, que le mou-

vement ascensionnel avait été plus désordonné.

Il survint une crise. Elle fut générale.

Chacun sait comment le commerce et l'industrie, abandonnant leurs sages habitudes, s'étaient laissé entraîner par ce qu'on appelle en France, la finance. Les valeurs publiques ne suffisaient plus au jeu, qui se cachait sous le nom de la spéculation. Il fallut un nouvel aliment. On joua sur les produits.

Quelles en furent les conséquences ?

Sans vouloir parler de la démoralisation provoquée par l'adoption des nouveaux principes, sans rappeler le discrédit que de pareils actes produisaient dans les pays lointains où notre commerce et notre industrie, quoiqu'en aient dit certains hommes d'Etat, tenaient le premier rang, comme loyauté et solidité, sans s'arrêter aux souffrances de la consommation, pour laquelle chacun professe une sollicitude si tendre aujourd'hui, reportons-nous seulement au souvenir de la triste époque où la France eut à supporter les conséquences de ses fautes.

Je ne pense pas que le gouvernement ait jamais eu une connaissance exacte de ce qui se passa alors, car jamais notre commerce et notre industrie ne furent plus dignes de leur vieille réputation.

Mais au prix de quels sacrifices !

Mes amis de Nantes, dont j'ai eu l'ambition de représenter les idées et de défendre les intérêts, savent ce qu'il y eut d'angoisses, ce qu'il y eut de courage dans cette lutte contre l'adversité. Ils ont vu avec quelle loyauté fut sacrifié en quelques jours le prix de tant d'années de labeurs ! Non, assurément, ce qui s'est passé alors, le gouvernement n'a pu le savoir, de même qu'il ne peut savoir ce qui se passe aujourd'hui. De leur côté, les écrivains qui semblent prendre à tâche de jeter la déconsidération sur les commerçants et les industriels, ignorent ce qu'ils font, car, sans nul doute, ils rougiraient de leurs calomnies et de leur ignorance.

Cette crise a-t-elle été le contre-coup de la crise anglaise, comme celle-ci fut le contre-coup de la crise américaine, ou bien n'était-elle que l'inévitable réaction des excès de spéculation commis en France ? Existait-il un moyen de la prévenir, ou à défaut de prévoyance et surpris par les événements, pouvait-on en diminuer l'intensité (1)?

L'opinion générale a considéré la crise de 1857 comme le résultat des excès de spéculation, compliqué de l'inévitable contre-coup des crises anglaise et américaine, attendu qu'il est impossible à un pays de ne pas se ressentir des désastres éprouvés par les nations avec lesquelles ses intérêts sont engagés. Ce serait en

(1) Note 1.

effet une grande erreur de ne voir dans la crise de 1857 que le seul contre-coup des désastres éprouvés par chacune de ces nations. Les fortunes particulières, les institutions de crédit ont été plus ébranlées en Angleterre et en Amérique qu'elles ne le furent en France (1), et pourtant personne ne peut nier que le commerce et l'industrie ne se soient rapidement relevés dans ces deux pays. En France, au contraire, nous avons eu une longue période d'affaissement. C'est un fait que l'observation a pu constater, mais qu'un peu de réflexion aurait dû expliquer.

Pendant la triste épreuve que nous avons eu à supporter, nous avons entendu vanter la force et la solidité du commerce français. Si le

---

(1) Il ne faudrait pas, toutefois, confondre les institutions de crédit de l'Angleterre avec les institutions de crédit de la Bourse de Paris. Les institutions de crédit que nous pouvons comparer sérieusement à celles de l'Angleterre, se réduisent à la Banque de France et aux banques particulières.

commerce, chez nous, n'a pas donné le spec-
tacle de ces faillites scandaleuses qui se sont
produites en Angleterre et en Amérique, ce
n'est pas à sa solidité qu'il faut en reporter l'honneur, mais bien à son incontestable loyauté,
qu'on n'apprécie pas assez aujourd'hui. Quant
à cette force, à cette solidité tant vantées, deux
ans ont suffi pour leur porter la plus redoutable
atteinte; je n'en veux pas d'autre preuve que
ce long affaissement des affaires, après la crise.
Aujourd'hui, que près de cinq ans se sont
écoulés : qui pourrait affirmer que les industriels et les commerçants ont réparé le
quart des pertes qu'ils ont subies ? Et, certes,
durant ces cinq années un travail opiniâtre,
pas plus que des inquiétudes journalières, ne
leur ont été ménagés.

Existait-il un moyen de prévenir cette crise ?
Le mal était connu, il devenait dès lors
facile d'en arrêter les progrès : en tant

qu'avertissement , le réquisitoire contre les *manieurs d'argent* parut trop tard.

> . . . . . Au secours ! je péris !
> Le magister alors se tournant à ces cris ,
> D'un ton fort grave à contre temps s'avise
> De le tancer.

Au plus fort de la crise , au moment où les bons conseils nous étaient proposés de toutes parts, était-il donc si difficile de diminuer, par une mesure, l'intensité du mal qu'on n'avait pas prévu ? Le dégrèvement le plus insignifiant sur les droits de douane aurait eu pour effet de réveiller immédiatement les transactions , de ranimer les affaires et le sacrifice aurait été pour le Trésor bien moins onéreux qu'il ne l'est aujourd'hui ; la France n'était pas encore chargée des frais des quatre expéditions qui eurent lieu plus tard.

II.

Cette réflexion au sujet du dégrèvement peut attirer, de la part des adversaires du commerce et de l'industrie, un reproche auquel je veux répondre : — « Vous en appelez sans cesse au gou- » vernement, nous disent-ils ; vous réclamez » sans cesse son appui, vous le rendez respon- » sable de tous les malheurs que vous n'avez » pas su prévenir. » — Autant que personne nous aimerions à être indépendants, nous dési- rerions repousser ce qui est *réglementation* en fait de commerce et d'industrie. Autant que per- sonne, non-seulement en commerce et en in- dustrie, mais surtout en ce qui touche la politique, nous plaçons notre ambition à sentir notre responsabilité personnelle mise en jeu, et en dehors de quelques esprits timides, nous sommes convaincus que ce n'est qu'en apprenant à reconnaître dans leurs malheurs le résultat de leurs propres fautes, que les individus, de même que les pays, se fortifient dans le sentiment de leur dignité.

Tous, nous désirerions être appelés à supporter la responsabilité de nos actions ; mais chacun de nos actes n'est-il pas soumis, en France, à une *réglementation* exagérée ? Puisque, souvent sans être consultés, nous sommes soumis à une réglementation qui nous vient du gouvernement, qu'y a-t-il de plus naturel, pour le commerce et pour l'industrie, que de laisser au gouvernement le soin de combattre les fâcheux effets de sa réglementation.

Si pour toutes les concessions, si pour toutes les décisions du pays, concernant le commerce et l'industrie, nos Chambres de commerce étaient consultées, nous n'aurions, assurément, aucun droit de nous plaindre; car, n'aurions-nous pas engagé notre responsabilité dans les conséquences fâcheuses ou non des décisions adoptées?

Nos Chambres de commerce, le Conseil supérieur de commerce ne sont pas toujours consultés. Pourquoi? Le *Moniteur* nous en donne l'explication.

M. Baroche, dans un discours, après avoir parlé de la composition du Conseil supérieur, et avoir dit qu'il ne « pense pas qu'un conseil » supérieur de commerce doive être exclusi-» vement composé de commerçants et d'in-» dustriels, » par la raison que, « quelles que » soient la loyauté, la probité, l'éminence de » chacun des membres qui composeraient un » pareil conseil, l'intérêt personnel, sans qu'ils » le voulussent, et contrairement à leur vo-

» lonté, se ferait jour quelquefois dans les dé-
» cisions qu'ils seraient appelés à rendre ; »
ajoute :

« Non, le Conseil supérieur n'a pas été con-
» sulté avant le traité du 23 janvier 1860, tel
» qu'il a été signé par les plénipotentiaires des
» deux Etats. Il n'a pas été consulté, il ne de-
» vait pas l'être ; il ne pouvait l'être utilement
» à cette époque » . . . .

. . . .

« Si vous consultez beaucoup d'intéressés
» avant le traité de commerce ou la signature
» du décret, si vous donnez une grande publi-
» cité au projet que vous avez conçu, il arrive
» que tous ces intérêts, — cela est parfaitement
» naturel — que tous ces intérêts qui se voient
» engagés dans le décret sont surexcités. De
» toutes parts une grande agitation se mani-
» feste : les uns demandent que le traité ou le
» décret soit fait dans les conditions les plus

» libérales ; les autres, et en général les plus
» intéressés, demandent, chacun pour soi, que
» les idées libérales soient adoptées pour les
» autres, mais ne le soient pas en ce qui con-
» cerne l'industrie qu'eux-mêmes représentent
» plus particulièrement.

» Ce n'est pas tout, et à côté de cette agita-
» tion dont, au surplus, on pourrait prendre
» son parti, il y a un autre danger que vous
» avez vu se réaliser lorsque nous avons pré-
» senté des lois qui modifiaient gravement les
» tarifs des douanes ; c'est qu'en attendant que
» ces lois soient votées, des spéculations s'or-
» ganisent, se pressent et arrivent à des résul-
» tats qui, plus tard, sont nuisibles à l'industrie
» et surtout à la consommation ; ou bien un
» état de stagnation se manifeste. En attendant
» la loi ou le décret, l'industrie prend une atti-
» tude expectante que je ne puis blâmer, mais
» d'où résultent, d'une part des chômages pour

» la classe ouvrière, ce qui est un malheur, et
» d'autre part des embarras pour la consom-
» mation, ce qui n'est pas un malheur moindre.

» Voilà, si on annonce à son de trompe, en
» quelque sorte, en consultant tous les inté-
» rêts, l'intention qu'on a, les dangers aux-
» quels on s'expose.

» Je comprends très bien qu'en marchant
» résolument au but, en prenant une initiative
» qui semble n'être pas suffisamment éclairée
» par des consultations préalables, prises à
» droite et à gauche, on assume une grande
» responsabilité; on s'expose, si on se trompe,
» à des reproches d'une grande gravité. Mais
» je conçois aussi que, quand un homme d'Etat
» se sent assez fort pour prendre cette respon-
» sabilité, parce qu'il a mûrement étudié toutes
» les questions, parce que, suivant de nobles
» paroles prononcées dans une autre enceinte,
» et auxquelles M. Kolb-Bernard faisait allu-

» sion, il a, comme un de mes honorables
» amis, consacré de longues veilles, tout ce
» qu'il avait d'énergie et d'aptitude à l'examen
» de toutes ces questions; parce qu'il a con-
» sulté, non pas en battant le rappel et en fai-
» sant grand bruit, mais en s'entourant, dans
» son cabinet, de personnes éclairées, intelli-
» gentes et désintéressées, je conçois qu'alors
» il puisse, avec une conscience calme, prendre
« une grande résolution, qu'il sait être dans
» l'intérêt du pays.

» Eh bien ! je crois que cette manière est la
» meilleure et qu'elle écarte tous les inconvé-
» vénients dont je parlais tout à l'heure. J'af-
» firme que c'est là ce qu'on a fait pour le traité
» de commerce avec l'Angleterre au mois de
» janvier 1860. » (Très bien ! très bien ! On a
bien fait ! (1).

---

(1) *Moniteur* du 14 juin 1861.

Il est impossible de ne pas admirer le talent
de M. Baroche et de ne pas rendre justice à
l'esprit de conciliation dont il a fait preuve
pendant les débats du Corps législatif. Il a soutenu à lui seul les nouvelles lois données au
commerce et à l'industrie, et c'est à son talent
que ces lois doivent les sympathies, non pas
de la presque totalité de nos députés, elles
étaient acquises d'avance, mais d'un assez grand
nombre de commerçants et d'industriels. Cependant, tout en reconnaissant les mérites du
ministre, pouvons-nous admettre les principes
mis en avant par l'homme d'Etat? — Je ne le
pense pas.

Le gouvernement, d'après M. Baroche, ne
doit pas consulter le Conseil du commerce dans
un traité ou dans un décret « destiné à modi-
» fier dans une proportion quelconque la si-
» tuation douanière du pays, parce que si l'on
» consulte beaucoup d'intéressés avant le traité

» de commerce ou avant la signature du dé-
» cret, si l'on donne une grande publicité au
» projet conçu, il arrive que tous ces intérêts
» qui se voient engagés dans le projet sont sur-
» excités, que de toutes parts une grande agi-
» tation se manifeste : les uns demandent que
» le décret ou le traité soit fait dans les condi-
» tions les plus libérales ; les autres, et en gé-
» néral les plus intéressés, demandent, chacun
» pour soi, que les idées libérales soient adop-
» tées pour les autres, mais ne le soient pas
» en ce qui concerne l'industrie qu'eux-mêmes
» représentent plus particulièrement. »

Les Chambres de commerce, le Conseil supérieur du commerce n'ont pas été consultés
pour le traité de commerce avec l'Angleterre ;
les intérêts compromis se sont-ils moins agités
que s'ils avaient été prévenus à l'avance ? Les
plus intéressés ont-ils moins demandé les idées
les plus libérales pour les autres et les plus pro-

hibitives pour ce qui concernait leurs industries ? Si, au contraire, le gouvernement avait
consulté les Chambres du commerce et un Conseil supérieur « composés exclusivement de com-
» merçants et d'industriels » (j'admets même
même que les membres de ces chambres et
d'un pareil conseil se fussent, sans le vouloir,
laissé guider par leurs intérêts personnels dans
leurs décisions), que serait-il arrivé ? — Tous
les intérêts représentés auraient été très sérieusement et très habilement défendus, au moins
au point de vue pratique : chacun des intérêts
ainsi défendus, n'était-on pas sûr que l'intérêt
général devait être sauvegardé ? Un traité de
commerce ou un décret, après de pareilles discussions, constituant pour nous une nouvelle
loi commerciale, nous eussions été assurés
de la stabilité de cette loi. En est-il ainsi,
aujourd'hui que les Chambres de commerce
et le Conseil supérieur du commerce n'ont

pas été consultés pour les derniers traités?

M. Baroche avait parlé de la presque impossibilité de composer un conseil supérieur du
commerce de commerçants et d'industriels, qui,
sans le vouloir, ne se fussent pas laissé dominer par leurs intérêts personnels. Quelques
lignes plus loin, nous voyons que le ministre
du commerce a « consulté, non pas en battant le
» rappel et en faisant grand bruit, mais en
» s'entourant dans son cabinet, de personnes
» éclairées, intelligentes, désintéressées. » Ces
personnes étaient, sans nul doute, des commerçants et des industriels; il existe donc des industriels et des commerçants éclairés, intelligents, désintéressés? Alors, pourquoi ne pas en
avoir composé le Conseil supérieur du commerce et ne pas avoir confié à ce Conseil le soin
d'élaborer les traités ou les décrets?

Oui, sans doute, « le ministre du commerce
» a dû consacrer de longues veilles, tout ce

» qu'il avait d'énergie et d'aptitude à l'examen
» de toutes les questions qui se rapportaient au
» traité. » Sans nier l'immense travail du ministre, peut-on admettre qu'un seul homme,
fût-il un homme d'un génie transcendant, fût-il
commerçant, eût-il consacré sa vie entière à
l'étude du commerce et de l'industrie, puisse
en connaître tous les besoins? Parmi nos commerçants et nos industriels, nous comptons des
hommes éminents, rompus aux affaires, instruits par une longue expérience; mais qu'on
les retire de leur industrie ou de leurs affaires
et qu'on leur confie une industrie qu'ils ne con-
naissent pas, ils la dirigeront sans doute, mais
après combien d'années d'une nouvelle éducation industrielle, après combien de nombreuses
pertes dont eux et leurs intéressés auront eu à
souffrir ?

La situation était plus difficile encore pour
un ministre du commerce, appelé à rem-

placer la législation commerciale et industrielle de son pays par des lois radicalement opposées.

Colbert, l'un de nos plus grands ministres, un rare génie organisateur dont l'histoire conserve le souvenir, Colbert mit vingt ans d'une infatigable activité à donner satisfaction aux besoins d'une industrie et d'un commerce moins étendus que de nos jours. Il leur donna une loi qui avait été l'étude de toute sa vie. Colbert mit vingt ans à créer une loi qui a traversé toutes nos révolutions, et qui, pendant plus de deux siècles, a résisté aux attaques les plus vigoureuses. Pour la faire, il se crut obligé d'organiser le Conseil supérieur du commerce et les Chambres de commerce (1).

-----

(1) Les villes de Dunkerque, Calais, Abbeville, Amiens, Bayonne, Tours, Narbonne, Arles, Marseille, Toulon et Lyon nommèrent chaque année, le dernier jour du mois de janvier, deux marchands des plus accrédités et expé-

Ce n'est pas faire injure au ministre actuel que de le comparer à son glorieux prédécesseur. Cependant le ministre du commerce a dù, en quelques mois, sans demander l'avis du Conseil supérieur du commerce, des Chambres de

---

rimentés. Sur les listes de nomination qui lui furent envoyées, Colbert choisit, parmi les premiers élus, trois marchands, qui reçurent ordre de se rendre à la cour, à la suite du roi, pour y faire leur séjour et résidence ordinaire pendant un an, tenir correspondance avec tous les marchands des villes de la zône à laquelle ils appartenaient et informer le roi de tout ce qu'il serait à propos de faire pour le rétablissement et l'augmentation du commerce. Quant aux seconds élus, il leur fut enjoint de s'assembler chaque année, le 20 juin, dans l'une des villes des trois zônes désignées que choisirait le roi, en présence et sous la présidence, si tel était son bon plaisir, du maître des requêtes occupé à faire la visite dans la province, ou tout officier royal, nommé par le roi, pour y représenter et examiner l'état du commerce ; s'enquérir des causes de la diminution ou de la cessation de travail, tant des unes que des autres ; dresser procès-verbal de tout et l'envoyer à Colbert, qui en ferait son rapport au roi.

(*Études sur Colbert*. M. Félix Joubleau, t. I. p. 235.)

commerce, étudier tous les besoins de notre commerce et de notre industrie, qui se sont, depuis deux siècles, développés dans des proportions si colossales. Il a dû, au bout d'un espace de temps si court, détruire l'harmonie qui existait dans les innombrables divisions de notre travail national, créer deux lois nouvelles, c'est-à-dire, réunir dans l'intérêt du pays, par des liens nouveaux et contraires à ceux qui les unissaient auparavant, cette agglomération d'intérêts, hostiles aujourd'hui, qui composent le commerce et l'industrie en France, travail gigantesque dont il ne pouvait et n'a pu triompher.

A l'avenir, l'industrie et le commerce seront régis par deux lois distinctes. Ces lois sont fondées sur deux systèmes opposés. Je ne parle pas des lois coloniales ; elles sont encore confuses. Quelques décrets ont déjà paru ; mais quel système ancien ou nouveau servira de base à cette dernière législation ? Le commerce en est encore à se le demander. Tout ce que nous pouvons désirer, c'est que ce dernier système se rallie à l'un des deux systèmes ayant servi de base pour la législation industrielle ou pour la législation commerciale. Que la lutte au moins soit réduite à une lutte entre deux systèmes et non entre trois !

Les lois que nous avons pour le commerce et pour l'industrie sont basées sur deux systèmes différents, celle des colonies peut-être sur un troisième ; auparavant, ces trois lois, différentes aujourd'hui, constituaient un système unique.

Le régime actuel est vicieux, je le pense, parce que trois grands intérêts, toujours inégalement satisfaits, se débattront toujours, demandant chacun, comme le disait fort bien M. Baroche, *les idées les plus libérales pour les deux autres et les plus prohibitives pour lui.* Le

principe d'égalité, dans la satisfaction à donner
à ces trois intérêts, triomphera-t-il ? Revien-
drons-nous à une législation unique pour ces
trois intérêts ? Je l'ignore, mais ce dont nous
pouvons être assurés, c'est que si le principe
d'égalité ne triomphe pas, l'intérêt le plus fort
asservira les deux autres.

Cette hostilité perpétuelle, à laquelle sont
condamnés trois intérêts si considérables, est
malheureuse. Elle est la conséquence du principe admis de ne pas consulter pour les traités
et les décrets, le Conseil supérieur et les Chambres de commerce, principe que M. Baroche
proclamait être le meilleur. — « Eh bien ! di-
» sait-il, je crois que cette manière est la meil-
» leure ; elle écarte tous les inconvénients dont
» je parlais tout à l'heure. J'affirme que c'est là
» ce qu'on a fait pour le traité de commerce avec
» l'Angleterre en 1860. » (Très bien ! très bien !
on a bien fait !) Le *Moniteur* nous apprend même

que des députés n'ont pu retenir leur cri d'approbation. Il se peut que l'on ait bien fait, mais ce que notre histoire et les faits actuels s'accordent à nous apprendre, c'est qu'*on eût pu mieux faire*.

Telle est notre situation actuelle : lois commerciales et industrielles incomplètes, plaçant dans un antagonisme anormal les intérêts du commerce et ceux de l'industrie, ne donnant pas satisfaction à leurs besoins, en complet désaccord avec leurs *lois naturelles*, et auxquelles, en dépit de ce désaccord si dangereux, le commerce et l'industrie sont obligés de se soumettre; loi coloniale vague et incertaine et dont il ne nous est pas encore permis de distinguer l'esprit.

Devant de pareilles incertitudes, les commerçants et les industriels sont-ils donc si coupables d'en appeler au gouvernement pour améliorer le mauvais état de leurs affaires, eux dont les

conseils ne sont pas demandés dans les continuels changements de législation qui les in-
téressent, et à qui par là même le gouvernement va jusqu'à retirer la responsabilité de
leurs actes.

III.

L'histoire comptera la crise de 1857 parmi celles dont les suites furent les plus désastreuses Au moment où, après deux ans de stagnation, le commerce et l'industrie allaient reprendre leurs travaux, l'expédition d'Italie vint arrêter ce nouvel élan des affaires.

Si l'on se reporte aux diverses époques des expéditions de Crimée et d'Italie, il existe un rapprochement curieux entre l'état des esprits à la veille de ces deux guerres.

A l'époque de la guerre d'Orient, les inquiétudes se dissipèrent aussitôt que la neutralité de l'Autriche et de la Prusse fut connue ; à l'é-

poque de la guerre d'Italie, au contraire, quoique nos relations commerciales fussent moins
importantes avec l'Autriche qu'elles ne l'étaient
avec la Russie (le 1/5 environ de celles de la
Russie), quoique nous eussions la certitude de
la neutralité des autres nations, le commerce et
l'industrie, loin de voir diminuer leurs craintes,
les sentirent s'accroître durant toute la guerre.

A quelle cause faut-il attribuer cette situation
si différente des esprits?

Etait-ce l'annonce d'une guerre au moment
où ils s'y attendaient le moins ? Etait-ce l'em-
prunt d'un demi-milliard au moment où les valeurs publiques étaient dépréciées ? Etait-ce enfin cette alternative de voir l'Europe en feu si le
programme impérial était rigoureusement rem-
pli, ou, s'il ne l'était pas, une difficulté ajournée
dont la solution devait naturellement se trouver
plus tard dans une nouvelle guerre ?

Quoi qu'il en soit, dans la guerre d'Italie le

commerce et l'industrie avaient moins de sujets d'inquiétude que dans la guerre de Crimée, et cependant ce fut au moment de la guerre d'Italie qu'ils en éprouvèrent le plus. Pour calmer leurs légitimes appréhensions, on ne sut que diriger contre les commerçants et les industriels les plus fausses et les plus injustes accusations, accusations banales que nous avons vues se reproduire avec plus d'insistance pendant ces dernières années.

Lorsque nos inquiétudes et nos plaintes se font jour, il semble de mode de les attribuer à un sentiment d'intérêt personnel ou à un manque de patriotisme de notre part.

Le commerce et l'industrie n'agissent que d'après des données certaines, l'incertitude paralyse toutes leurs transactions.

Faut-il donc, pour répondre à ces accusations faites avec si peu de bonne foi, répéter que si nos craintes et parfois nos plaintes se mani

festent, ce n'est pas que notre intérêt personnel
nous domine, ce n'est pas que nous nous oppo-
sions à toute mesure juste, à toutes entreprises
patriotiques, contraires à nos intérêts ? N'est-ce
pas plutôt que, confiants dans la législation de
notre pays, confiants dans la sollicitude que
nous doit le gouvernement, en échange de la
richesse que nous lui donnons, il nous paraît
juste que le pays et le gouvernement nous accordent, en nous laissant pressentir leurs actes,
au moins le faible privilège de garantir une
partie des intérêts que doit compromettre une
législation à changer ou une guerre à entre-
prendre ?

La paix subite qui termina la guerre d'Italie,
les paroles de l'empereur ramenèrent la confiance, et le commerce et l'industrie, rassurés
sur la tranquillité, poussés par leur esprit d'entreprise et leur besoin d'affaires, reprirent leur
activité. Chacun se mit courageusement à réédi-

fier sur des ruines, convaincu que quelques
années plus tard les désastres occasionnés par
la crise et la guerre d'Italie allaient être réparés,
et ne laisser dans les esprits que le souvenir
d'une rude leçon dont notre expérience devait
profiter.

A la fin de 1859 de nombreux ordres d'achat
de produits, passés aux colonies, avaient été
exécutés; l'industrie avait, par contrat, engagé
à la consommation une fabrication de plusieurs
mois; lorque le programme impérial du 5 janvier de l'année 1860, qui annonçait la levée des
prohibitions et le dégrèvement des droits de
douane, vint répandre dans le commerce et dans
l'industrie, je ne veux pas dire un désordre
général, mais au moins un trouble bien voisin
du désordre, qu'un ministre a reconnu devant
le Corps législatif.

L'effet du retard dans le dégrèvement des
droits de douane fut de ralentir considérable-

ment les ventes des *produits destinés à l'industrie*, et *de ceux destinés à la consommation directe*.

Les industriels qui avaient acquitté les anciens droits sur une grande quantité de matières
premières en cours de travail dans leurs industries, incertains s'ils seraient indemnisés de la
perte que leur occasionnerait le dégrèvement,
et prévoyant des prix avilis s'ils continuaient
leur travail, avec de nouvelles matières premières acquittées aux anciens droits, pour livrer
à la consommation leurs produits fabriqués
après le dégrèvement, préférèrent, malgré les
pertes que leur ferait subir une pareille déci-
sion, interrompre la *chaîne de leur travail*.

Les commerçants, que le dégrèvement sem-
blait devoir favoriser, se trouvaient dans une
situation encore plus difficile que celle des industriels. Les importations de *produits destinés à
la consommation directe* rencontraient, dans la
consommation elle-même, une résistance hors

de toute raison. Celle-ci, trop confiante dans les promesses qui lui étaient faites, reportait après le dégrèvement ses approvisionnements à faire ; elle prétendait, à cette époque, devoir non seulement bénéficier de tout l'abaissement des droits, mais encore d'une grande réduction sur le prix de revient en entrepôt.

Aussi cette lutte de plusieurs mois entre le commerce d'importation et la consommation, le chômage des établissements industriels, produisirent au moment du dégrèvement un effet contraire à celui auquel le gouvernement s'attendait.

Les prix des produits se maintinrent aussi élevés qu'au moment des anciens droits.

A nos inquiétudes lors des différentes guerres, on répondait que nous manquions de patriotisme ; à nos craintes lors du traité de commerce, on opposait l'inévitable aveuglement de notre intérêt personnel ; devant la cherté des produits au moment du dégrèvement, on nous accusa de manœuvres.

Quelle détestable engeance que ces commerçants et ces industriels français ! Et quelle opinion espère-t-on donc répandre d'eux en France ? — Ce qui m'étonne, c'est que, malgré ces nombreuses accusations, l'industrie et le commerce de la France, représentés par de tels hommes, jouissent encore de quelque considération dans les pays étrangers, et ce qui me console, c'est que les difficultés que nous y rencontrons n'ont pas leurs causes dans notre défaut de probité ou de solidité, mais dans le peu de confiance qu'on y a du maintien de la paix.

Est-il nécessaire de dire que cette cherté des produits se trouvait ailleurs que dans de honteuses manœuvres ?

Pendant la résistance de la consommation, les arrivages se succédaient, de sorte que, d'un côté, les produits s'accumulaient dans les en-

trepôts par suite de la stagnation des transactions, et que de l'autre la consommation, après
avoir épuisé ses dernières ressources, voyait
chaque jour sés besoins s'augmenter en raison
de son abstention.

Il en résulta que les *produits destinés à la consommation directe* occupant une faible portion
du capital commercial français et pouvant, avec
le crédit de leurs détenteurs, soutenir la lutte,
se vendirent à de hauts prix. Il n'en fut pas de
même pour les *produits destinés à l'industrie*. Les
détenteurs, pressés par leurs échéances et par
la grande accumulation des stocks, furent obligés de vendre à bas prix aux industriels qui
avaient chômé et qui possédaient encore dans
les entrepôts des matières premières non acquittées.

La situation était donc des plus favorables
pour les industriels; n'étant pas obligés d'a-
cheter les matières premières pour reprendre

leur travail, en face de détenteurs désireux de vendre, ils bénéficiaient, par leurs achats à bas prix, de cette loi économique si bien expliquée par tous les nombreux économistes que le traité a fait naître : *les prix sont en rapport de l'offre à la demande.* Mais les achats à bas prix ne constituaient pas le seul bénéfice des industriels. De même qu'ils avaient trouvé un commerce surchargé, ils trouvèrent une consommation dépourvue. Ils eurent le malheur de vendre leurs produits aux prix élevés que leur offrait la consommation.

Les économistes leur avaient bien appris que le *principe régulateur des prix des produits était le rapport entre l'offre et la demande ;* mais ils n'avaient pas reconnu *que le principe régulateur du prix des produits était* aussi *le rapport entre la demande et l'offre.* A bout de leur science, et pour bien prouver aux industriels qu'ils ne devaient pas accepter les prix offerts par la con-

sommation, ils poussèrent le courage de leurs
convictions jusqu'aux accusations. L'un d'eux,
sans doute l'un de ceux qui reprochaient au
commerce et à l'industrie de toujours recourir
au gouvernement, fit mieux : il permit à ses
touchantes sympathies pour la consommation
de triompher de ses principes. Il fit un appel
au gouvernement, mais le motif qui lui faisait
renoncer à ses principes était si généreux ! Que
demanda-t-il ? — Bien peu de chose : *une simple*
mesure pour défendre la consommation contre les
manœuvres des industriels qui vendaient leurs pro-
duits à des prix élevés et accaparaient ainsi le dé-
grèvement à leur profit. Un journal officieux de
Paris se fit le défenseur de cette singulière re-
quête et, de la façon la plus ingénue, proposa au
gouvernement l'accomplissement d'une impossibilité ou un acte de la plus révoltante injustice.

La mesure à prendre était-elle une mesure
économique ? — Mais laquelle ? — Comment le

gouvernement s'y fût-il pris pour combattre, par une mesure, une loi économique, une *loi naturelle*, à laquelle il est lui-même soumis, quelle que puisse être sa force ? Comment eût-il pu empêcher *qu'un fait économique ne soit pas le résultat d'une loi économique, que les conséquences ne sortent pas fatalement de leurs principes ?*

Les industriels et les commerçants, on l'avouera, ne se sont jamais montrés si exigeants dans leurs demandes.

Cette mesure était-elle une loi nouvelle ? une *loi positive* destinée à lutter contre une *loi naturelle ?* la loi du maximum !

Le maximum, cette Terreur appliquée au commerce, existe encore dans le souvenir de quelques uns de nos commerçants. Jamais loi ne mérita un pareil nom. C'était l'époque du vol légalement encouragé. La loi du maximum a été la plus honteuse faiblesse de nos législateurs commerciaux.

Avant de faire au gouvernement de leur pays l'insulte de lui demander des *lois positives* en flagrante contradiction avec les *lois naturelles,* ceux qui ont pour mission d'éclairer et de diri- ger l'esprit public devraient réfléchir que les principes de 1789, dont ils parlent tant et qu'ils semblent connaitre si peu, ne sont si beaux et si glorieux que parce qu'ils ont pour but de nous donner des *lois positives* en parfaite har- monie avec les *lois naturelles*. Proposer à un gouvernement d'agir contrairement à ces prin- cipes, n'est-ce donc pas lui proposer de faire rétrograder la civilisation de son pays ?

IV.

L'année dernière, les inquiétudes que la politique n'avait cessé d'inspirer aux commerçants et aux industriels se compliquèrent des indécisions et du trouble produits par *leurs nouvelles législations*.

Ils furent, il est vrai, moins dénoncés et moins insultés : leurs adversaires les avaient abandonnés pour bivouaquer en Italie.

Des écrivains soi-disant conservateurs, associés à des écrivains soi-disant républicains, tous fervents catholiques et connaisseurs en fait de patriotisme, y étaient fort occupés à détruire le pouvoir temporel du pape, à chasser des rois, prêtant leur admiration à cette nouvelle maxime politique : *le droit d'insurrection est pour les peuples le droit le plus sacré.*

Jusque-là les républicains étaient à moitié logiques, les conservateurs ne l'étaient pas du tout ; mais où le cœur et l'esprit leur firent à la fois défaut, ce fut lorsqu'ils conseillèrent l'unité aux peuples italiens et surtout lorsque, pour atteindre cette unité, ils leur conseillèrent non pas une confédération, mais une fusion de toutes leurs autonomies dans un seul royaume avec Victor-Emmanuel pour roi.

On nous a refusé tout sentiment patriotique, mais quelque opposées que puissent être nos opinions politiques, je ne pense pas que nous eussions eu le courage de proposer à ces différents peuples maîtres d'eux-mêmes, un pareil manque de patriotisme que nous considérons tous, je le crois du moins, de quelque beau nom qu'on le décore, comme la plus honteuse des lâchetés.

Je ne pense pas non plus que, parmi nous, cet aveugle acharnement contre le pouvoir temporel des papes ait été fort apprécié.

On nous représente comme indifférents aux idées libérales! — C'est une grande erreur. — Tous, nous aimons la liberté, parce que *être libre*, c'est pour nous être en posssesion de nos *droits naturels,* et nous détestons la licence en raison de l'amour que nous éprouvons pour la liberté, parce que la licence tue la liberté.

Aux yeux des libéraux de bonne foi, détruire le pouvoir temporel du Chef de la Catholicité pour le reporter entre les mains du roi de Piémont, n'est-ce pas, suivant l'expression de l'un de nos courageux évêques, *réduire le Pape au rôle d'aumônier de Victor-Emmanuel*, aumônier que les successeurs de Victor-Emmanuel pourraient faire nommer, révoquer ou mettre à la retraite? Cette situation peut-elle convenir au dépositaire de l'autorité spirituelle, de la plus grande autorité de ce monde?

Ne nous arrêtons pas au point de vue reli-
gieux, considérons la question seulement au
point de vue politique.

Tous les hommes appartenant à une religion
autre que la religion catholique, tous ceux
même qui ne veulent appartenir à aucune religion, pourvu qu'ils soient libéraux, sont intéressés au maintien du pouvoir temporel.

Si la liberté de conscience, résultat des principes de 1789, a quelque valeur à leurs yeux, ne
doivent-ils pas redouter que l'autorité spirituelle
à laquelle la majorité des Français est soumise,
une fois amoindrie en Italie par une situation
subalterne, et soumise aux caprices des rois d'Italie, la France n'éprouve un jour, comme toutes
les nations, le besoin de rendre sa religion indépendante du bon plaisir d'un peuple ou d'un
roi, sur l'alliance desquels la prudence lui fait
une loi de ne pas compter éternellement.

Quels moyens pour elle de rendre sa religion

indépendante ? Remettre le pouvoir spirituel,
destiné à la diriger, entre les mains du peuple
qui, dans ses moments de folie, peut passer
du culte de l'Etre suprême à celui de la déesse
Raison, ou bien confier ce pouvoir aux mains
des souverains qui se succéderont sur le trône
de France ?

Souverains constitutionnels, ils ne pourraient
l'accepter sans diriger toutes les consciences,
sans les soumettre à une seule et même religion, une espèce de religion d'Etat. Leur titre
de souverains constitutionnels nous garantit de
tout empiètement de leur part sur notre liberté
de conscience.

Souverains absolus, ils joindraient alors à leur
toute puissance temporelle une toute puissance
spirituelle.

Ces deux autorités ainsi concentrées dans la
même main, se prêteraient réciproquement leurs
forces, au point de former une autorité unique

telle, que la vie, la fortune, la conscience elle-
même de chacun de nous deviendraient sa propriété.

Je le demande, en bonne conscience, un
homme sérieux, fût-il l'ennemi de la religion
catholique, fût-il l'adversaire le plus acharné de
toute espèce de religion, peut-il souhaiter que
le pouvoir temporel du Pape s'écroule et dispa-
raisse dans l'unité italienne?

Beaucoup d'esprits, et des esprits éminents,
n'admettent, malheureusement, pour la démocratie, qu'une seule forme de gouvernement :
la république. (Nous avons eu cependant un gouvernement démocratique, autant que celui qui
l'a remplacé l'était peu.)

Les républicains (je n'ai jamais compris l'a-
vantage que retirent certaines gens à nier l'existence du parti politique qui leur fait peur), les
républicains avaient, pour les représenter au
Corps législatif, des hommes doués d'un incon-

testable talent, qu'ils pouvaient mettre au service de leurs convictions. Et cependant tous les
députés républicains, en demandant le rappel
de nos soldats de Rome, savaient bien que le
départ de nos troupes eût été le signal de la chute
du pouvoir temporel, au profit du roi Victor-
Emmanuel. Ils ne devaient pas ignorer non plus
que le pouvoir temporel du Pape détruit, les nations catholiques, poussées par le sentiment de
leur indépendance, devraient rapidement marcher vers une série d'orgies soi-disant religieu-
ses, ou s'avilir sous la plus odieuse théocratie.

Leur réputation d'hommes politiques, de républicains même, n'eût-elle pas gagné davantage s'ils s'étaient opposés à la royauté italienne ?

J'aime la démocratie, je professe autant d'admiration que d'attachement pour toutes nos
institutions démocratiques, mais je n'aime pas
la démocratie républicaine. Cette démocratie,

comme l'a fort bien dit l'un de nos hommes
d'Etat (auquel la France rend justice aujour-
d'hui, tandis qu'elle n'ose encore se montrer
seulement impartiale pour la mémoire du roi
dont il fut le ministre), *cette démocratie se croit la
société tout entière; elle y veut dominer seule et elle
ne respecte et ne reconnaît nuls autres droits que les
siens*. Aussi semble-t-elle condamnée à ne pouvoir jamais assurer *l'ordre* dans une société,
parce qu'elle s'agitera sans cesse dans *une grande
et fatale méprise sur les lois naturelles et nécessaires des sociétés humaines*.

Je n'aime pas la république, et cependant je
pense n'être démenti par personne lorsque je
dirai que, dans l'intérêt non seulement de la
religion, mais encore de notre liberté, nous
devrions préférer la république organisée à
Rome, plutôt que d'y voir dominer le nouveau
roi d'Italie.

V.

La politique, on l'a vu, n'a cessé d'inspirer des craintes au commerce et à l'industrie. Ces craintes inspirées par la politique, le désarroi provoqué par le changement subit de leurs législations, s'aggraveront de l'instabilité, du changement que feront naître chaque jour l'hostilité entre leurs deux législations opposées depuis la levée des prohibitions.

La RÉVOLUTION ÉCONOMIQUE sera en permanence.

Il est de mode de professer aujourd'hui, pour la consommation, une sollicitude que j'ai grand peine à comprendre.

Et d'abord, qu'est-ce que la consommation ?

Jamais dans aucun traité libre-échangiste, jamais dans aucun des discours prononcés au Corps législatif, l'explication n'en a été donnée.

Cependant, avant de faire devant le pays les plus belles déclarations de cet amour si profond, il eût été convenable de nous faire connaitre l'objet de cette touchante passion ; car c'est par pur amour pour elle que nous avons vu applaudir le traité avec l'Angleterre, que le traité avec la Belgique et les décrets qui l'ont suivi ont été demandés, et ce sera par le même motif que les traités et les décrets à venir seront réclamés. C'est pour avoir méconnu ses exigences que des industriels de l'une des plus importantes villes de France, jouissant de l'estime de leurs concitoyens, des gens aveugles, sans doute, ont été emprisonnés ; c'est à elle, enfin, que les armateurs, même ceux qui ne possèdent pas d'autre fortune que leurs navires, vont sacrifier une

partie ou la totalité de leur fortune si péniblement acquise et plus péniblement encore con-
servée.

La consommation !

N'est-ce donc qu'un de ces mots magiques à
l'aide desquels des hommes intelligents obtien-
nent quelquefois les plus grands sacrifices de
leur pays, et que le pays leur accorde d'autant
plus volontiers qu'il n'en comprend pas, ou
qu'on s'est bien gardé de lui en expliquer le
sens ?

Qu'est-ce donc que la consommation ? — Ce
que l'on est convenu d'appeler consommation,
n'est autre chose (pour l'individu comme pour
la société) que l'acte de détruire des objets quel-
conques, destruction à laquelle l'individu comme
le pays est obligé pour en retirer une jouissance.
Or, pour détruire ces objets, pour en jouir, pour
les consommer en un mot, il faut les avoir. —
Où les trouver ? — La Providence, en nous pla-

çant dans ce bas monde, s'est chargée d'en mettre plusieurs à notre portée, tels que l'air, la lumière, l'eau, etc., etc., ces objets définis sous le nom de *biens naturels* ; mais malheureusement, ces biens que le ciel nous a prodigués et qui sont indispensables à notre existence, ne sont pas les seuls que notre pauvre humanité éprouve le besoin de consommer.

Si nous remontons aux premiers âges de l'humanité, nous verrons que l'homme dut éprouver le besoin de se nourrir, de se mettre à l'abri des intempéries des saisons, de se vêtir ; puis, après sa réunion en famille et plus tard en société, ces besoins sont devenus plus nombreux et plus recherchés ; puis, enfin, la civilisation élevant les esprits, agrandissant les caractères, fit naître des jouissances plus nobles que celles des richesses matérielles dont le seul instinct de conservation avait jusqu'alors inspiré le besoin.

Ces jouissances du cœur et de l'esprit sont celles que les économistes ont appelé, si je ne me trompe, les *jouissances*, les *richesses imma- térielles ;* elles nous sont procurées par la reli- gion, par un bon gouvernement de notre société, par les sciences, par les beaux-arts, etc., etc.

L'intensité du désir de ces *jouissances imma- térielles* a toujours indiqué le degré de civilisa- tion d'un pays. Qui le nierait?

Mais les individus ne trouvent pas, que je sache, leur nourriture toute préparée, leurs mai- sons toutes bâties, leurs vêtements tout faits, la science infuse, les richesses de la science et des beaux-arts à leur disposition, de même que les nations n'ont pas toutes une religion éclairée, un gouvernement honnête. Le malheureux qui prétendrait que les choses se sont passées ou se passeront ainsi un jour dans une société quel- conque, mériterait d'être conduit aux petites maisons

Il est évident que toutes ces richesses, *ma-térielles* ou *immatérielles,* doivent être toujours le but des désirs des individus comme le but des plus nobles aspirations des sociétés ; mal-heureusement le désir ne suffit pas pour en donner la jouissance.

Pour consommer ces biens, pour jouir de ces richesses *matérielles* et pour jouir de ces biens plus précieux encore, de ces richesses *immaté-rielles,* il faut que ces richesses existent; or comme elles n'existent pas *naturellement,* il est de toute nécessité que l'individu ou les sociétés les PRODUISENT.

En ce moment, en France, les esprits ne sont occupés que de la jouissance, ou, pour employer l'expression dont on a tant abusé, de la *consom-mation* des richesses *matérielles.* Cette *consom-mation* a éveillé bien des passions. En suivant l'histoire des peuples, en se laissant guider par le raisonnement, ceux qui lui portent un sincère intérêt reconnaîtront, je l'espère, qu'elle n'existe que parce qu'il y a PRODUCTION. — Et si nous ne voulons pas nous arrêter aux mots et agir comme ceux qui, par amour pour la consommation, ont fait preuve de l'hostilité la plus déraisonnable contre la production (hostilité déraisonnable, parce que la raison ne permet pas de combattre la cause de l'effet qu'on désire), il est bon de se faire une idée exacte de la production.

La production est l'acte individuel ou collectif, selon qu'on l'étudie chez l'individu ou dans une société, par lequel les richesses sont mises à la portée de la consommation.

Comment la production a t-elle lieu ?

Les économistes, les économistes sérieux, bien entendu, nous ont beaucoup parlé des *lois naturelles,* des lois immuables auxquelles sont soumises la *production* — la *circulation* — la *consommation* des richesses. Quoique dans leurs traités ils aient accordé une moindre attention

5

à la *production*, plusieurs d'entr'eux en ont admirablement développé la loi. L'un d'eux, sans contredit le fondateur de la science économique, et dont certains écrivains arriveront un jour à travestir les idées, de même qu'il s'en est trouvé pour oser nier le grand génie de Colbert, Adam Smith, d'accord avec la loi divine, qui, tous ici-bas, pauvres ou riches, nous condamme au travail, a fait du Travail la cause de toute richesse, la loi de la production.

Au-dessus de l'individu, au-dessus des nations, il existe une volonté toute puissante; pour le nier, il faudrait nier l'évidence.

Cette volonté, qu'on l'appelle *Providence, destin* ou *hasard*, a dicté, pour la conservation de l'individu ainsi que pour l'existence des sociétés, ces *lois naturelles*, que les individus et les nations ne peuvent violer sans marcher à leur perte. « Elles sont, dit Quesnay, immuables et » irréfragables, et les meilleures lois possibles,

» par conséquent la base du gouvernement
» le plus parfait et la règle fondamentale de
» toutes les lois positives... Les lois positives
» sont établies pour faire observer régulière-
» ment les lois naturelles... car là où ces lois
» n'assurent point la propriété et la liberté, il
» n'y a ni gouvernement ni société profitables,
» il n'y a que domination et anarchie sous les
» apparences d'un gouvernement. Les lois po-
» sitives et la domination y protègent et as-
» surent les usurpations des forts et anéantissent
» la propriété et la liberté des faibles. L'état
» de pure nature est alors plus avantageux que
» cet état violent de société, qui passe par toutes
» les vicissitudes de dérèglements, de formes,
» d'autorités et de souverains. Ce qui paraît
» même si inévitable, que les hommes qui se
» livrent à la contemplation de tous ces chan-
» gements se persuadent intimement qu'il est
» dans l'ordre de la fatalité des gouvernements

» d'avoir leur commencement, leur progrès,
» leur plus haut dégré de puissance, leur dé-
» clin et leur fin. »

Qu'ordonne donc aux individus, pour leur conservation, la *loi naturelle ?*

Consommer pour vivre, *produire* pour consommer et *travailler* pour produire.

Cette loi commande tellement le travail à chacun de nous, qu'elle veut que chacun de nous ait son individualité, qu'il soit obligé de consommer *lui-même* pour entretenir son existence, qu'il produise *lui-même* pour consommer, qu'il travaille *lui-même* pour produire, sinon il mourra, ou sera à la charge de son voisin, qui alors produira pour deux. Je ne connais que deux moyens d'être à la charge de son voisin : mendier ou voler. Ainsi donc, la mort d'un côté, de l'autre la misère et le désordre pour *celui qui ne travaille pas lui-même pour consommer*, pour celui dont *la production n'égale pas la consommation.* Le travail,

un travail sans relâche est tellement la condition de notre existence, que par un effet admi-
rable de la loi de notre conservation, ces richesses matérielles que nous consommons sont
toutes soumises à une destruction complète par
nous, afin que nous soyons obligés, pour vivre,
de nous remettre au travail. Et tandis que, dans
sa divine sagesse, le Créateur n'a pas voulu que
la jouissance des richesses *immatérielles,* qui nous
rapproche de lui, soumit ces richesses à la destruction, il n'en a pas moins fait du *travail* une
condition nécessaire pour en augmenter le nombre, en découvrir, en produire de nouvelles,
pour que nous créions ainsi, par notre *travail
individuel,* de nouvelles jouissances et que nous
arrivions, par notre *travail collectif,* à la possession d'un Etat social à la hauteur de notre dignité d'homme.

Ces vérités me semblaient tellement connues,
que je rougirais d'en tenter l'explication si elles

ne nous avaient pas été présentées comme des erreurs !

Que nous dit-on aujourd'hui ?

La France *consommera* sans *produire* elle-même, et elle y trouvera son avantage. Mais d'après ce que nous avons vu, autant ne vaudrait-il pas dire :

Au malheureux qui meurt de faim, que par un système nouveau il se rassasiera, parce qu'il verra son voisin se bien nourrir ?

A celui qui souffre du froid, que par ce même système il se réchauffera en voyant son voisin chaudement vêtu ?

A un pays, que ses habitants seront vertueux sans effort, parce qu'il existera un pays voisin riche de toutes les vertus ?

A une nation, qu'elle n'a que faire de désirer la jouissance de ses plus nobles facultés, parce qu'un pays voisin aura su conquérir une liberté qu'en dépit de toutes les vicissitudes

des nations il aura eu la sagesse de garder ?

Comment prétend-on nous faire admettre aujourd'hui comme erronée, cette *loi naturelle* que notre instinct de conservation, que les faits depuis que le monde est monde, que le bon sens nous ont appris à regarder comme vraie ?

Ce qui convient à l'individu, nous dit-on, ne convient pas toujours à la société.

J'avoue très humblement ne pas comprendre comment Dieu aurait soumis l'individu à une *loi naturelle* en contradiction avec la *loi naturelle* qu'il a imposée à la société

Dans une question en apparence aussi puérile que celle-ci, mais en réalité si sérieuse, un peu de bon sens ne saurait nuire. — Comment donc un esprit sérieux peut-il professer ce principe, *que ce qui convient à l'individu ne convient pas toujours à la société ?* Les *devoirs* imposés par Dieu à l'individu, ses *droits* sont-ils donc en opposition avec ceux de la société ? L'individu

est-il donc mis dans ce bas monde pour l'avantage de la société à laquelle il doit sacrifier ses
devoirs et ses *droits naturels*, ou bien la société
ne s'est-elle pas plutôt organisée dans le but de
maintenir l'individu dans ses devoirs, de lui assurer ses droits, de créer l'Ordre pour lui donner
une somme de bonheur plus grande que celle
qu'il eût pu se procurer en restant isolé? Et
s'il n'en était pas ainsi, pourquoi l'homme se
serait-il réuni en société? Plus heureux à l'état
de simple nature, quel besoin l'eût poussé à
échanger une condition heureuse pour une condition qui lui demande souvent le sacrifice de
ce qui lui *convient?* Autrefois, on disait *que les
gouvernés étaient faits pour les gouvernements ;* aujourd'hui, ceux qui se vantent d'avoir le sentiment de leur dignité, vouent une profonde
reconnaissance aux principes de 1789, parce
que ces principes leur ont appris que *les gouvernements doivent être faits pour les gouvernés.*

Ce qui convient à l'individu doit donc toujours convenir à la société. Par malheur, cette vérité n'est pas généralement reconnue, parce que dans certaines sociétés il y a des intelligences égarées comme il y a des intelligences effrayées.

Les unes, égarées, oubliant que la *loi naturelle* leur impose des *devoirs*, prennent volontiers pour des *droits* que leur confère la *loi naturelle*, tous les désirs de leurs passions ; d'autres, effrayées par ces passions, pour les réprimer et maintenir l'ordre dans la société, dépassent le but, et, sous prétexte que *ce qui convient à l'individu ne convient pas toujours à la société*, refusent aux individus la plus légitime de toutes les jouissances, celle de leurs *droits naturels*. Il y a excès des deux côtés, et, par conséquent, une méprise grossière sur ce que commande la *loi naturelle*.

Cette loi nous ordonne, en raison de notre dignité d'homme, de travailler à conquérir et surtout à défendre notre liberté ; pour vivre, de

nous approprier par le travail tout ce qui est utile
et nécessaire à notre existence. Mais si, au nom
de cette loi, certains individus prétendaient jouir
d'une liberté qui ne pourrait exister qu'aux dépens de celle de leurs voisins, s'ils prétendaient
s'approprier, sans travail, tous les objets dont ils
auraient besoin, la société, effrayée de telles pré-
tentions, agirait-elle sagement en combattant la
loi naturelle par la loi sociale ou *positive,* par la
règle. « Si la règle étouffe la liberté, dit Rossi,
» l'activité humaine ne peut se développer; l'en-
» fance de l'homme se perpétue. » En bonne
conscience, par quelle sorte de gens serait-il possible de faire admettre qu'il convient à une société de proscrire la liberté et la propriété parce
qu'il existe dans son sein des voleurs et des
hommes de désordre ? Voilà pourtant la conséquence de ce principe des intelligences effrayées : *Ce qui convient à l'individu ne convient
pas toujours à la société.*

IV.

Il est une accusation qu'entre toutes je désire éviter, c'est celle d'exagération.

J'ai dit plus haut que la loi de conservation de notre existence ne laissait à l'individu d'autre alternative que la misère ou la mort, lorsque *sa production n'égale pas sa consommation.* — Cette loi est la même pour chacun de nous. C'est une vérité qui a existé de tous temps et qui existera dans tous les temps. Cependant elle est niée par les économistes, qui, sans s'en douter, la reconnaissent dans toutes leurs théories ; elle est niée par les socialistes, parce que la confession d'une telle vérité serait la négation de leur système.

Si nous prenons notre société telle qu'elle s'est faite de nos jours, où *la division du travail* s'est développée dans des proportions inouïes ; si nous ne nous arrêtons qu'à l'état actuel de notre société, telle que la civilisation l'a faite, sans vouloir nous rappeler qu'elle est, comme l'explique si bien Adam Smith, par le travail de chacun de nous, sortie de « ce premier état in-» forme de la société, qui précède l'accumula-» tion des capitaux et l'appropriation du sol ; » si nous refusons de reconnaître que la civilisation a développé en nous un besoin infini de jouissances *matérielles* et *immatérielles,* et que le travail seul peut produire à l'infini toutes ces richesses, alors notre esprit d'observation, égaré ou séduit par des apparences, admettra, avec les économistes, qu'il existe dans notre société des classes *improductives, oisives,* et avec les socialistes, qu'il existe des classes *privilégiées.*

Il ne faut pas un grand effort d'imagination

pour reconnaître que les économistes, après
avoir reconnu l'*influence* des richesses *immatérielles* dans la formation des richesses *matérielles*,
se renferment ainsi dans le seul examen des
richesses *matérielles*, n'admettent comme pro-
ductif que le travail matériel, qu'ils assimilent
ainsi le travail de l'homme à celui de la brute.
— Les socialistes font mieux. Par respect sans
doute pour la dignité des ouvriers auxquels ils
s'adressent, en ne considérant dans leur travail
que le *travail manuel*, ils ravalent ce travail au-
dessous de celui de la brute, qui possède au
moins son instinct : ils l'assimilent au travail
d'une machine. — Il est vrai que la force des
bras, de même que les machines, il est vrai
que la puissance du capital concourent à la
formation des richesses ; mais ce qui n'est pas
vrai, c'est que la force physique, augmentée
de la puissance du capital, suffise pour *produire.*

Jamais un homme sensé ne le croira. Sans un bon gouvernement, sans ces lois, ces lois *sages* dont parle Smith et dont il a cru inutile de faire ressortir les effets sur la production ; sans l'intelligence qui crée, sans la prévoyance, qui apprend à épargner, sans la morale qui assure la loyauté, sans toutes ces richesses *immatérielles* enfin, produit d'un travail *immatériel,* il ne peut y avoir production active, ou tout au moins accumulation de richesses *matérielles* dans une société. Aussi, me semble-t-il qu'il y a autant d'injustice que d'ingratitude à considérer comme *improductifs* (non producteurs) ces hommes qui servent honnêtement un gouvernement honnête, un gouvernement dont les lois doivent être « établies, » comme le demande Quesnay, pour faire observer les *lois naturelles,* ceux qui travaillent à développer l'intelligence et les vertus des individus qui composent une société.

Si l'on ne peut, sans injustice, méconnaître le travail de tels hommes, est-il plus juste de ranger les propriétaires, les capitalistes dans cette classe *improductive* ou *oisive,* inventée par les économistes, ou dans cette classe *privilégiée,* dénoncée par les socialistes.

L'envie, pas plus que la vanité, n'a sa raison d'être dans ce bas monde.

Si quelques esprits superficiels croient appartenir à une classe privilégiée, si quelques esprits ignorants pensent pouvoir envier cette prétendue classe privilégiée de propriétaires, de capitalistes, c'est que les uns et les autres ont une notion bien imparfaite de la Propriété et du Capital *(argent);* c'est qu'ils supposent, contrairement à ce qui a toujours été (quelques exceptions ne prouveraient rien), que les capitalistes et les propriétaires se seraient naturellement trouvés en possession de leurs terres ou de leur argent. Les propriétaires et les ca-

pitalistes, avant de posséder leurs propriétés,
ont dû *travailler*, *produire* plus qu'ils ne con-
sommaient, *épargner* l'excédant de leur production, puis posséder les terres et l'argent, qui ne
sont que les représentatifs de cette épargne; et
s'ils sont riches aujourd'hui, s'ils commandent
du travail, ils justifient ce principe émis par
Adam Smith, que « le travail seul commande
» le travail. » S'ils composent, aux yeux de
certains envieux, une classe privilégiée, il faut
avouer que le privilége n'est pas grand, puisqu'il peut être acquis par chaque individu qui
n'a qu'à *vouloir*.

Dès qu'ils sont devenus capitalistes ou propriétaires, ces hommes sont-ils réellement *improductifs, oisifs*, comme le prétendent les économistes? *privilégiés*, comme voudraient le faire
croire les socialistes? Sont-ils exempts de tout
travail?

La terre, le capital représentent pour eux

l'épargne d'un travail antérieur (épargne qu'ils ont réalisée eux-mêmes ou dont ils ont hérité), la quantité de travail qu'ils peuvent commander aujourd'hui en restant oisifs. Mais comme *les produits ne se paient qu'avec des produits, comme le travail seul peut commander et payer le travail,* il est évident que pour chacune de leurs consommations, ils seront obligés de distraire de leur épargne l'équivalent du travail qu'ils auront à commander ou à consommer ; en sorte qu'à un moment donné, cette épargne, représentée par la terre ou l'argent, aura disparu. C'est un fait dont il est impossible de nier l'évidence, et que le bon sens le plus vulgaire a désigné par cette expression : *Vivre sur son capital.*

Pour conserver sa fortune, celui qui a travaillé, épargné et qui possède le représentatif de son épargne, en terre ou en argent, doit donc travailler encore.

Propriétaire, capitaliste, il devra par son tra-

vail retirer de sa terre, de son argent une production quelconque qu'il épargnera en partie
ou qu'il consommera en totalité. Dans le premier cas, il accroîtra son épargne antérieure et
accroîtra ainsi le pouvoir qu'il a déjà *de commander du travail;* dans le second cas, ce pouvoir restera le même.

Et soit dit en passant, l'épargne est tellement
conseillée par la prudence, que si l'individu
riche consomme toute sa production annuelle,
il restera bien, par le fait de son épargne antérieure, en possession du droit de commander
un travail égal à cette épargne ; mais le temps
se chargera de lui faire subir la faute de son
imprévoyance. La division du travail, qui s'é-
tend chaque jour dans la société, lui donnera,
il est vrai, les objets de grande consommation
à plus bas prix (en échange d'une moindre quantité de travail); mais elle créera aussi pour lui
des besoins nouveaux, indispensables et en plus

grand nombre. Elle offrira aux individus, dont il réclamait les services, une plus grande facilité de vendre leur travail à d'autres qu'à lui, et par conséquent, rendra chaque jour ces services plus onéreux, de telle façon que, tout en restant, par le fait de son épargne et de son travail annuel, en possession du droit de commander un travail égal à cette épargne, il ne pourra, après un certain nombre d'années, commander tout le travail exigé par ses besoins. *N'entendons-nous pas répéter chaque jour que toute fortune qui ne s'accroît pas diminue?*

Lorsque les propriétaires ou les capitalistes retirent eux-mêmes du sol ou du capital une production quelconque, lorsque, pour employer l'expression usitée, ils font eux-mêmes *valoir* leurs terres ou leur argent, ils retirent une *double* rémunération de leur travail : le *fermage* ou la *rente,* ajouté au *profit.* Cette double rémunération, qui implique l'idée d'un double travail, est reconnue par les économistes, qui donnent alors à ces hommes le nom de productifs; mais, si par un motif ou par un autre, les propriétaires ou les capitalistes appellent, dans leur production annuelle, le concours du travail d'un étranger auquel, comme rémunération, ils abandonnent le *profit ;* s'ils se contentent du *fermage* ou de la *rente,* ils sont relégués dans la classe des *improductifs,* des *oisifs.*

Rien ne me semble plus faux que cette dénomination d'improductifs, d'oisifs, appliquée à ces hommes, et rien ne saurait plus entraîner un gouvernement à des mesures malheureuses, que de représenter, *en principe,* la classe riche d'un pays comme une classe improductive.

Imbus d'une pareille erreur, mal conseillés par des hommes qui pensent ne pouvoir mieux témoigner leurs sympathies aux classes pauvres

qu'en portant la plus grande haine aux classes
riches, certains gouvernements pourraient se
croire autorisés à frapper la classe riche.

Je n'hésite pas à le dire, rien ne me sem-
blerait plus impolitique et plus cruel pour les
classes pauvres. Porter atteinte à la richesse du
propriétaire ou du capitaliste, c'est réduire
leurs épargnes annuelles, c'est les forcer à garder pour eux le *fermage* ou la *rente* et le *profit*
à la fois ; c'est les empêcher de partager, avec
l'un des individus de leur pays, les avantages du
travail qu'eux seuls peuvent *commander* par le
fait de l'épargne de leur travail antérieur ; c'est
les ramener à un travail *purement matériel ;* c'est
enlever à la société la production des richesses
immatérielles ; c'est retirer aux riches, condamnés à un travail matériel, la faculté de rechercher, dans l'éducation, l'épargne d'un travail
immatériel, indispensable à la production de ces
richesses immatérielles, sans lesquelles le tra-

vail matériel s'exécute difficilement et sans lesquelles il n'y a pas de civilisation possible ; c'est
enlever aux classes pauvres la plus grande partie de leur travail, parce que la richesse ou le
travail accumulé des uns peut seul provoquer
l'accroissement du travail des autres, accroissement de travail que réclame chaque jour plus
impérieusement l'augmentation de la population ; c'est la décadence d'une nation par l'a-
brutissement de la classe riche appauvrie, et
la mort, la misère ou le désordre des classes
pauvres.

En résumé :.

La première pensée, le premier besoin de
l'individu est de *consommer ;* mais la raison, ou
à défaut de la raison, la nécessité lui fait une Loi
de *produire* d'abord, par son travail, les richesses
matérielles ou immatérielles dont il veut jouir.
La société, qui ne s'est organisée que dans
le but de garantir l'existence de l'individu et

de lui donner la plus grande somme de bonheur, doit par ses *lois positives* faire respecter
cette loi naturelle, parce que *ce qui convient à
l'individu doit convenir à la société*. Il lui faut
veiller sans cesse à l'extension du travail ; son
devoir est de s'intéresser à la *production* avant de
songer à la *consommation*. L'observation des faits
dans n'importe quelle société digne de ce nom,
la réflexion ne font-elles pas reconnaître que
la loi qui commande le travail est la même pour
tous, que pas un de nous, pauvre ou riche, n'a
le pouvoir de s'y soustraire. Jamais plus parfaite
égalité a-t-elle existé entre tous les hommes?

Dans la production *des richesses matérielles :*
pauvre, l'individu travaille pour un *salaire ;* à
peine, par son épargne, a-t-il acquis une certaine fortune, il travaille encore pour retirer le
salaire, le *fermage* ou la *rente* et le *profit ;* plus
riche, il encourage le travail de son semblable,
auquel il abandonne le *salaire*, mais il travaille

encore lui-même pour retirer le *fermage* ou la *rente* et le *profit ;* plus riche encore, il abandonne comme rémunération à ceux dont le travail concourt à sa production annuelle, le *salaire* et le *profit,* et garde pour lui le *fermage* ou la *rente.*

Quoique parvenu, par son travail, à être plus utile à ses semblables, il travaille encore, car sa terre n'ira pas seule trouver un fermier qui lui paiera son fermage, pas plus que son argent n'ira naturellement trouver un placement avantageux.

Dans la production des *richesses immatérielles*, les hommes qui, par une accumulation de travail immatériel, ont acquis la science ou ce capital immatériel nécessaire aux professions que les économistes appellent *libérales ,* ne travaillent-ils pas pour exercer ces professions ? N'est-ce pas encore par le travail que ceux qui servent honnêtement un gouverne-

ment honnête sont arrivés à acquérir le talent,
les qualités que pour son bien la société exige
d'eux ? Et une fois chargés d'une partie de cet
immense travail du gouvernement, d'une société, n'ont-ils plus à travailler ?

Il n'existe en réalité dans la société qu'une
seule classe *improductive, oisive,* c'est celle des
prodigues ; or, chacun sait le sort réservé aux
prodigues Ceux-là seuls *consomment* sans *produire.* Leur rôle dans la société est, au dire des
économistes, *analogue à celui des frélons dans
dans une ruche.* Est-ce donc pour eux que le
libre-échange , dans sa touchante sollicitude
pour la consommation, demande la Révolution
économique ?

VII.

Ces vérités si vulgaires sont méconnues. Trop souvent, les notions que devraient en avoir les hommes d'Etat sont obscurcies par l'immense développement de la division du travail dans notre société.

L'oubli de ces vérités est surtout frappant dans les débats soulevés au Corps législatif, au sujet de la levée totale des prohibitions inaugurée en France par le traité de commerce avec l'Angleterre.

De la prohibition, qui est une loi parce qu'elle donne à tous les intérêts une égale satisfaction, parce qu'elle est logique et en parfait accord

avec la loi naturelle, puisqu'elle favorise le travail avant de favoriser la consommation, nous
allons passer, sous les apparences du système
protecteur, au libre-échange qui, dans son absence de toute *loi positive,* dans sa négation
complète de toute *loi naturelle,* pense devoir
laisser tout faire, laisser tout passer.

Faut-il dire que la loi qui laisse *tout faire*
n'est pas une loi, parce que les individus qui
composent une nation ne sont pas tous justes,
parce que, trompés par leurs passions, quelques-
uns d'entr'eux confondent leurs passions avec
leurs droits naturels, méconnaissent ceux de
leurs voisins pour satisfaire tous leurs désirs,
commettent *des excès,* donnent un semblant de
raison à ces *esprits effrayés* qui prétendent *que
ce qui convient à l'individu ne convient pas toujours
à la société,* et ramènent ainsi la société de cet
état de LICENCE à un état non moins malheureux
par une soumission forcée à des lois positives

de la plus folle contradiction avec les lois naturelles.

Que produira le libre-échange dans lequel nous sommes à peu près engagés ? La prohibition, une prohibition outrée, aveugle, peut-être le monopole, s'il existe un jour des esprits effrayés des désordres qu'aura produits le libre-échange.

L'émotion fut grande à l'annonce de la levée des prohibitions. Aujourd'hui que l'émotion est calmée, ou plutôt que le gouvernement, au dire de l'un de ses ministres, « a fort bien pris son » parti » de cette manifestation des inquiétudes du pays, manifestation qu'on a à tort présentée comme une agitation politique, il est intéressant de relire les arguments destinés à rassurer les esprits.

Bon nombre de gens (en dehors des commerçants et des industriels) étaient convaincus des vérités que j'ai tenté de développer. De leur côté, habitués par l'expérience de leurs affaires, instruits par leurs relations, par leurs correspondants étrangers, les commerçants et les industriels savaient parfaitement que la concurrence était impossible, que le régime du libre-échange serait fatal à leurs industries, que le commerce, sans les taxes différent-elles disparaitrait rapidement dans les colonies au-delà des caps ; que les navires ne pourraient naviguer sans le privilége *absolu* du pavillon, etc., etc Leurs craintes, manifestées sur tous les points de la France étaient des craintes sérieuses, des craintes d'*hommes pratiques* Que leur fut-il répondu ?

Le *Moniteur* a conservé les discours adressés au pays.

L'un de nos députés annonce que « dix an- » nées d'une prospérité inouïe ont fortifié notre » industrie et ont, par une progression conti- » nue de 30 millions par an, en moyenne, » augmenté le chiffre de nos impôts indirects.

» Le commerce spécial de la France s'est accru
» de près de 80 0/0. Notre mouvement com-
» mercial de 1858 dépasse de 11 0/0, et le chiffre
» des seules exportations excède de 21 0/0 la
» moyenne quinquennale. Deux expositions ont
» constaté nos succès industriels. Enfin, l'ordre
» s'est rétabli dans les esprits comme dans les
» faits (1). »

Je ne sais jusqu'à quel point des contribuables
effrayés ont pu voir, dans une progression annuelle de 30 millions, dans des impôts même
indirects, un signe de prospérité inouïe. Quant
au développement de consommation, par conséquent de travail, cette augmentation signalée
dans les impôts indirects ne prouve rien; car
si l'on s'en rend bien compte, cette augmentation ne provient pas du seul développement de

___

(1) *Moniteur* du 30 avril.

la consommation, mais aussi des revenus nouveaux, des augmentations d'impôts, tels que le
nouveau décime de guerre sur les droits de
Douane, sur les droits d'enregistrement, sur les
valeurs de Bourse, sur les chemins de fer, etc.

Le commerce spécial s'est accru de 80 0/0. Mais
quel est le point de comparaison ? Est ce la période quinquennale de 1852 à 1857 ? L'état du
commerce était anormal dans cette période. —
On ne commerçait pas, on jouait, et jamais, je
le pense du moins, aucun commerçant ne voudrait traverser une nouvelle période pareille à
celle de 1852 à 1857.

Le tableau du commerce *général* de la France
divise, depuis 1826, le mouvement commercial
français en trois périodes, de dix années chacune. La dernière (celle de l'empire) dépasse
de 48 0/0 la moyenne de celle de 1837 à 1847,
qui elle-même dépasse de 49 0/0 la période précédente. Ainsi donc, cette prospérité inouïe

n'est que le développement naturel de notre commerce, à peu de chose près égal à celui de la période précédente. Et si l'on tient compte de la surexcitation commerciale qui a produit la crise, des nouvelles facilités offertes au commerce français par l'extension des chemins de fer, dont le *transit* seul a profité, cette augmentation de 48 0/0 sur la moyenne de la période précédente est excessivement faible.

Quant aux succès des expositions, ils *ne prouvent rien* en faveur ou en défaveur de l'industrie française Les produits exposés étaient-ils des produits de grande consommation? Ceux qui les ont exposés fabriquent-ils d'habitude pour la consommation ces mêmes produits avec autant de soin, avec autant de frais que lorsqu'ils les destinent à une exposition? La concurrence ne le leur permet pas, car ils seraient bien vite ruinés. Sous le premier empire, on raconte que dans une exposition un homme d'Etat anglais

7

s'extasiait devant un couteau de la valeur d'un sou. Je ne sais pas devant quel produit se sont extasiés nos hommes d'Etat pendant ces deux expositions, mais ce que je pense, c'est que pour avoir une industrie et un commerce florissants dans un pays, il faudrait imiter (nous imitons si bien l'Angleterre !) cet homme d'Etat anglais.

Un autre député, pour rassurer le pays, dit que « demander la prohibition, autant vaudrait » rétablir la muraille de la Chine ; un principe » de protection modérée qui sera l'achemine-» ment à la liberté commerciale, est un prin-» cipe que la France doit s'empresser d'adopter » à l'exemple d'un peuple voisin. C'est là une » grande épreuve ; pour rassurer ceux qui en » appréhendent les résultats, l'orateur en ap-» pelle non à des théories, mais à eux-mêmes » avant dix ans (1). »

---

(1) *Moniteur* du 30 avril.

Ce principe de la liberté commerciale est-il utile à l'Angleterre? Les Anglais ne l'ont pas reconnu. Ils ont trouvé la prohibition inutile pour eux, parce que Robert Peel, leur ministre, leur a fait voir que « sur tous les marchés ils étaient les plus forts. » Il peut être utile de jouir du droit *du plus fort*, mais en aucun cas ce n'est juste ni honnête. Robert Peel n'eût jamais voulu demander le libre-échange à l'Angleterre.

Si, aux yeux de l'honorable orateur, ce principe de protection modérée qui sera l'acheminement vers la liberté commerciale est utile pour nous, nous devons l'accepter; mais il fallait nous expliquer non seulement son utilité, puisque nous ne *sommes pas les plus forts*, mais encore satisfaire notre caractère français en nous démontrant que ce principe est juste et honnête, ce que Robert Peel eût été fort embarrassé de démontrer.

Ne pas en appeler à des théories pour justi-fier à nos yeux le libre-échange, c'est n'en admettre aucune réellement sérieuse. Nous re-porter à dix ans pour calmer nos craintes d'au-jourd'hui, c'est les augmenter; car, dit le Bon-homme Richard (1), « dans les affaires de ce » bas monde, ce n'est pas par la foi qu'on se » sauve, c'est en n'en ayant pas. »

Un troisième député, « après avoir reconnu » que la valeur de l'exportation est de 50 fr. » par tête en France , et en Angleterre de » 100 fr., en cherche la raison. Les ouvriers » anglais travaillent 56 heures par semaine, » contre les nôtres 72. Les ouvriers français » manqueraient-ils de goût et d'intelligence ; » ne valent-ils donc que la moitié des ouvriers » anglais ? Les fabricants de l'Alsace sont-ils » donc moins habiles que les ouvriers anglais ?

(1) Benjamin Franklin.

» Nos produits sont-ils moins recherchés? Non,
» assurément; la différence vient du système
» économique. L'industrie française est tenue
» dans les langes depuis 50 ans et ne peut
» affronter au dehors l'industrie étrangère. Et
» cela est naturel. C'est le résultat inévitable du
» système français qui a été établi non pour fa-
» voriser le commerce français à l'étranger, mais
» pour défendre l'industrie nationale contre la
» concurrence étrangère, ce qui est différent,
» ce qui est l'opposé. Le jeu de nos tarifs a été
» combiné dans ce but. Cette combinaison est
» ingénieuse et habile, mais elle n'est pas favo-
» rable au développement de notre industrie
» au dehors (1). »

Les calculs qui forment cette science nouvelle, l'*arithmétique politique*, sont sans doute
fort intéressants. Il peut être très agréable pour

---

(1) *Moniteur* du 2 mai.

la France d'apprendre la valeur de l'exportation par tête chez elle et dans les pays voisins ;
aussi, pour ma part, je regrette sincèrement
que l'honorable député ait jugé inutile de nous
expliquer son calcul. Ce parallèle des exportations n'est sans doute pas établi d'après le
nombre d'habitants, d'industriels et d'ouvriers
en France ou en Angleterre, car il ne signifie-
rait absolument rien, et je suis bien loin d'accuser l'orateur d'une pareille méprise.

Exportation veut dire, dans le langage commercial du moins, consommation des produits
d'un pays demandés par des individus habitant
un pays étranger. L'exportation de la France ou
de l'Angleterre veut donc dire consommation de
pays étrangers à ces deux nations. Pour établir
un parallèle instructif entre les exportations de
ces deux nations, il faut donc s'occuper du
nombre de consommateurs qu'elles possèdent à
l'étranger.

Le chiffre de la population dans leurs colonies est l'une des causes de l'exportation, mais il en existe une autre que nous verrons plus loin.

Dans le Bengale, l'Angleterre possède une population de près de 130 millions d'âmes, un grand nombre de ses nationaux dans l'armée, dans le *service civil*, dans le commerce (1), sur les 500 navires de toutes nations stationnant toujours dans l'Hoogly, tous autant de consommateurs volontaires par leur origine, ou consommateurs forcés (demandant forcément l'exportation anglaise) par la politique que suit la Compagnie des Indes (2).

---

(1) Voir les documents anglais, statistiques, récits des différentes guerres de la Compagnie des Indes, histoires de la révolte des Cipayes, etc., etc.

(2) Les industries indigènes, dont les similaires existent en Angleterre, ont été systématiquement détruites par la Compagnie des Indes. — Il suffit de citer les fabriques de mousselines de Dacca, les fabriques d'armes du Punjab,

Nous possédons aussi des consommateurs au Bengale, mais pas aussi nombreúx que ceux de l'Angleterre.

Pondichéry est la plus grande de nos colonies. Son commerce se réduit à des expéditions de riz, de sésames et quelquefois d'indigos. Sa rade est l'une des plus dangereuses qui existent. Si à tous ces désavantages on ajoute le désavantage que les gouvernements lui ont causé en s'engageant vis-à-vis de la Compagnie des Indes à ne pas laisser cultiver l'opium sur son territoire, on comprendra facilement que les habitants de cette colonie ne doivent pas être fort

---

toutes les filatures, les fabriques de soie de Bénarès, etc., etc. Plusieurs histoires de la révolte des Cipayes rapportent un document que nos hommes d'Etat auront pu consulter et qui ne manque pas d'intérêt, c'est la proclamation de l'un des principaux chefs révoltés à Delhi, faisant de cette destruction de leurs industries l'un des grands griefs des indigènes contre les Anglais.

riches, et par conséquent ne doivent demander
qu'une très faible exportation à la France (1).
Mahé et Chandernagor ne sont pas des colonies
aussi utiles que Pondichéry. « Le particulier qui
» posséderait en Europe un territoire de l'éten-
» due de Mahé ne serait pas regardé comme
» un grand propriétaire. Il ne faut pas une
« heure pour en faire le tour. Il est difficile
» d'aller à la promenade sans passer des pos
» sessions françaises sur celles des Anglais, plus
» difficile encore à un navire de jeter l'ancre
» dans les eaux françaises du port sans tomber
» dans celles de nos voisins (2). » Chandernagor (3) n'est pas plus grand que Mahé; le dra-

---

(1) La population blanche s'éteint chaque jour à Pondichéry. — Pondichéry, point *inoffensif* désormais, perdu
dans l'Inde anglaise, est une colonie déshéritée d'avenir.
(*Inde contemporaine.* — M. F DE LANOYE.)

(2) *Voyage dans l'Inde.* — M. FONTANIER.

(2) Le territoire de Chandernagor se compose d'une

peau de la France, pour la plus grande honte
du voyageur, flotte sur des débris pleins de
glorieux souvenirs, sur le palais de ce gouverneur dont lord Clive vint implorer l'appui pour
faire la conquête du Bengale.

Il est confié aujourd'hui au courage de qua-
torze Indiens habillés en soldats, commandés
par un sous-lieutenant d'infanterie de marine,
et protége cinq à six Européens, tous fonction-

---

lieue environ sur le fleuve sur une demi-lieue de large.
La population blanche est représentée par le gouverneur,
le procureur impérial, le lieutenant de police, le contrô-
leur, en même temps percepteur de l'administration de la
marine; un médecin, un curé, un officier. Le gouvernement anglais avait proposé au gouvernement français d'é-
changer Chandernagor contre une quantité de terrain équi-
valente près de Pondichéry. L'opposition n'a pu maîtriser
son indignation. « Echanger le seul port de refuge pour
» les navires français dans l'Inde ! » C'était indigne. Un
navire monte difficilement l'Hoogly jusqu'à Calcutta; Chandernagor est à sept lieues plus avant dans les terres. Un
canot échoue au jusant dans cette traversée.

naires du gouvernement. Le reste de la population se compose de rares métis (aussi nombreux
que les employés européens), dont quelques-
uns parviennent à se faire envoyer aux galères
en France, et d'une population flottante d'Indiens. Souvent la population blanche (celle des
employés du gouvernement) se recrute de quelques Anglais, auteurs de faillites plus ou moins
loyales venus à Chandernagor pour attendre
l'arrêt de la Cour des Insolvables de Calcutta,
qui les dégagera, vis-à-vis de leurs créanciers,
en prononçant contre eux la peine d'un ou deux
mois de prison.

Les habitants de Pondichéry, Mahé, Chandernagor sont, on l'avouera, de bien faibles consommateurs pour encourager l'exportation française.

Si du Bengale nous portons nos regards sur
un autre point du globe, nous verrons par tout
des colonies anglaises *populeuses, riches, puis-
santes,* et peu ou plutôt point de colonies françaises.

Cette faiblesse du nombre, cette absence complète des consommateurs nationaux, est l'une
des causes de la faiblesse, de l'absence du commerce d'exportation de la France ; mais il en
existe encore une autre que l'honorable député
n'a pas songé à nous expliquer.

(Quoique je me sois déjà trop étendu sur ce
sujet, je demande l'indulgence du lecteur et
essaierai de développer la seconde cause, *la cause
essentielle* par laquelle nous n'avons pas et nous
n'aurons jamais ce qu'on pourrait appeler un
commerce d'exportations régulières).

Depuis bien des siècles l'Angleterre possède sa
politique commerciale invariable. Chaque page de
son histoire nous montre la sollicitude jalouse,
inquiète, avec laquelle elle a toujours veillé sur la
prospérité de son commerce. Depuis le moment
où, pour s'emparer de la richesse des villes manu-
facturières du Nord, elle a institué la prohibition
la plus sévère, la plus ridicule dans ses exigences,

la plus inhumaine dans ses répressions ; depuis l'époque où, pour enlever à la Hollande son industrie de transports maritimes, elle fit pratiquer l'acte de navigation dont la seule peine était la confiscation suivie de la peine de mort, jusqu'à nos jours, l'Angleterre a invariablement suivi sa politique commerciale avec une persévérance et une habileté qu'il est impossible de méconnaître.

L'Angleterre, par la prohibition, a vu toutes les industries naître chez elle, se développer et atteindre leur plus haut degré de perfectionnement.

Par l'acte navigation, elle a attiré chez elle cet immense commerce d'entrepôt qu'elle possède aujourd'hui et qu'on pense si bénévolement pouvoir lui enlever en inaugurant en France le système de la libre navigation (1).

_____

(1) Voir le *Journal des Débats* du 12 août. *(Décret du 24 juin.)* — *Avenir commercial. (Décret du 24 juin.)*

Par l'émigration annuelle de la surabondance
de sa population, elle a fondé ses colonies, les a
vues prospérer et augmenter ainsi les débouchés
pour ses exportations. Quelques unes d'entre
elles sont bien aujourd'hui détachées de la mère-
patrie, mais une communauté de goûts, de besoins, d'intérêts, lui assure dans ces colonies
les mêmes débouchés pour son exportation, et
contribue ainsi à faire de Londres le seul marché de l'univers, non seulement pour les *mé-*
taux précieux, mais encore pour *le domicile* ou
l'acquittement des traites, *l'ouverture des crédits*
confirmés, etc., etc., instruments de la domination du commerce anglais sur le commerce
de l'univers.

Par des traités de commerce équitables avec
les pays libres et intelligents, par des traités dé-
loyaux avec les nations en tutelle, elle a assuré
à ses industries le double débouché de ses colonies et celui des peuples *amis*. Ses traités ne

sont ils pas toujours des traités de commerce,
mais surtout d'*amitié* !

Par son habileté, elle a souvent obtenu dans
les autres pays que la prohibition, cette *muraille
de la Chine* , fût abaissée à une simple protection que ses industriels pouvaient facilement
franchir à l'aide d'une *prime* d'exportation.

Il n'est pas jusqu'à ses guerres dites de civilisation, qui n'aient été des guerres provoquées
par sa politique commerciale.

Dans l'Inde, ses protectorats, les guerres
odieuses qui les avaient précédés , le pillage ,
les déprédations, la destruction de toutes les
industries indigènes ; en Chine, toutes les guerres entreprises n'étaient pas, les résultats le
prouvent du moins, des œuvres de civilisation
tentées en faveur des Indiens et des Chinois (1).

---

(1) Le résultat de la première guerre de Chine fut d'assurer aux Anglais l'inappréciable amitié du peuple chinois
et un débouché considérable à l'opium du Bengale. La Com-

Honnête ou non, voilà quelle fut, voilà quelle
sera invariablement la politique commerciale
de l'Angleterre. Elle lui a assuré depuis longtemps la toute puissance commerciale. Cette
toute puissance était déjà telle en 1846, qu'il
n'existait pas une seule colonie, anglaise ou
non, où les affaires ne se traitassent, même avec
les naturels, en langue anglaise, et qu'il n'exis-

---

pagnie des Indes avait le monopole du sel et de l'opium.
Elle faisait cultiver l'opium par des Indiens en corvée,
que les planteurs n'hésitaient pas à reconnaître plus malheureux que des esclaves. On les payait peu, et souvent
pas du tout. — Il était défendu de les frapper, mais
une plainte, un bon de correction suffisait ; l'administration
se chargeait consciencieusement de la besogne.

Après la récolte, l'opium était vendu en vente publique,
mais jamais au-dessous de trois fois la valeur du prix de
revient, et les navires *(opium traders)* le portaient en
Chine, où, après un semblant de contrebande, il était in-
troduit.

Le mouvement commercial sur l'opium et le sel était,
d'après les personnes qui se livraient à ce commerce et
qui me l'ont affirmé, de plus d'un milliard par an.

tait pas de rade où ne flottât le pavillon anglais.

Si l'on considère l'état de l'Angleterre en 1846, si l'on veut tenir compte de la famine qui désolait le pays pendant cette année, de la surabondance d'une population affamée et des excès auxquels cette population, sans cesse excitée, pouvait se porter contre une aristocratie puissante par ses immenses terres, mais si faible par le nombre, on ne s'étonnera pas que l'Angleterre ait abandonné en apparence sa politique commerciale.

Le ministre d'alors, sir Robert Peel, l'une des gloires les plus pures de l'Angleterre, contrairement aux convictions qui l'avaient toujours animé, effrayé des passions qu'il voyait s'agiter et trouvant peut-être dans cette agitation les germes d'une révolution fatale au moins à l'aristocratie anglaise (1), crut devoir porter la

---

(1) Il y aurait un rapprochement très intéressant à faire

main sur la prohibition , « sur des anciennes
institutions » qu'il regardait , « de même que
» l'organisation du corps comme une œuvre
» merveilleuse et délicate à faire trembler. »

Dans toute la discussion qui eut lieu, les discours du ministre montrent suffisamment ses
craintes.

« Il n'est pas aisé, disait-il, de maintenir l'u-
» nion active d'une vieille monarchie, d'une
» aristocratie fière et d'un corps électoral réfor-
» mé. J'ai fait tout ce que j'ai pu, tout ce que j'ai
» cru conforme à la politique conservatrice pour
» faire marcher ensemble ces trois éléments de
» l'Etat. J'ai cru qu'il était conforme à la vraie

---

entre W. Fox, l'un des plus ardents agitateurs de la Ligue,
et Mirabeau. — Ces deux hommes ont eu une égale part
de talent, la même puissance sur les masses. Sans le désa-
veu tout patriotique des convictions de toute sa vie auquel
fut entraîné Robert Peel, qui affirmerait que W. Fox et
Mirabeau n'auraient pas eu les mêmes destinées ?

» pensée conservatrice de répandre parmi le
» peuple assez de satisfaction et de bonheur
» pour qne la voix de la désaffection ne se fit
» pas entendre et pour BANNIR TOUTES LES PEN-
» SÉES D'ATTAQUES A NOS INSTITUTIONS » Aux
reproches de ses amis, il répondait : « Je ne le
» garderai (le pouvoir) qu'autant que nulle autre
» obligation ne me sera imposée que celle de
» consulter l'intérêt public et de pourvoir à la
» SURETÉ DE L'ETAT (1).

Plus tard, lorsqu'il reconnut que la prohibition n'était plus, entre les mains de l'Angleterre,
qn'*un brevet d'invention expiré* ; qu'il fallait, pour
satisfaire une population surabondante et sans
travail, augmenter *le travail* en cherchant de
nouveaux débouchés ; qu'il n'était pas *dangereux*
pour l'Angleterre de *renoncer à la prohibition*,
qu'elle avait pour elle toutes les chances de

---

(1) Voir M. GUIZOT. — Sir ROBERT PEEL.

voir son exemple, mal compris, produire le libre-
échange chez toutes les autres nations ; que ce
résultat lui « *était indispensable , sous peine de*
» *descendre dans l'échelle des nations* (1), »
Robert Peel proposa, non pas le libre-échange,
mais l'abandon de la prohibition. Avec quels
arguments ?

« Cette nuit, dit-il, prononcera entre le pro-
» grès vers la liberté ou le retour à la prohibi-
» tion. Vous choisirez cette nuit la devise où se
» manifestera la politique commerciale de l'An-
» gleterre. « Avance ou recule. » Lequel de ces
» deux mots convient le mieux à ce grand
» empire ? Considérez notre position, les avan-
» tages que nous ont accordés Dieu et la nature,
» la destinée qui nous attend. Nous sommes
» placés à l'extrémité de l'Europe occidentale
» comme le principal anneau qui lie l'ancien

---

(1) HUSKINSON.

» au nouveau monde... Une étendue de côte
» plus grande en proportion de notre popula-
» tion et de la superficie de notre sol que n'en
» possède aucune autre nation, nous assure la
» force et la supériorité maritime... Le fer et
» le charbon, ces deux nerfs de l'industrie,
» donnent à nos manufactures de grands avan
» tages sur celles de nos rivaux... Notre capi-
» tal dépasse celui dont ils peuvent disposer.
» Notre caractère national, les institutions libres
» sous lesquelles nous vivons, notre liberté de
» pensée et d'action, une presse sans entraves
» qui répand rapidement les découvertes et les
» progrès, toutes ces circonstances nous placent
» à la tête des nations... Est-ce là un pays qui
» doive redouter la concurrence?... Je vous
» conseille de donner aux autres pays l'exemple
» de la libéralité (1). »

---

(1) Voir M. Guizot. — Sir Robert Peel.

La prohibition fut donc repoussée parce qu'elle était inutile, mais il serait faux de dire que le libre-échange fut adopté parce qu'il était utile. Le libre-échange n'a jamais été, aux yeux de Robert Peel, un système ; mais le libre-échange admis comme un principe de politique commerciale par les autres nations abusées, pouvait devenir utile à l'Angleterre.

Quelle est la politique commerciale actuelle de l'Angleterre ? Chacun la jugera bien facilement, je veux éviter de m'étendre trop longuement sur ce sujet.

La politique commerciale d'une nation peut se diviser en politique *intérieure* et en politique *extérieure*.

La politique commerciale intérieure consiste à créer et à développer dans un pays toutes les industries, depuis la plus utile jusqu'à celle qui met en œuvre le plus petit travail, par la législation agricole, industrielle, commerciale, la

plus conforme à la création ou au développement du travail.

La politique commerciale extérieure, ou la législation commerciale d'un pays doit avoir pour
but :

Par le commerce d'importation, de lui fournir :

1° Pour *sa consommation directe* les produits
bruts que son territoire ne peut fournir, ou ne
fournit pas en quantité suffisante pour sa population ;

2° Les produits bruts ou les *matières premières*
destinés à son travail industriel.

Par le commerce d'exportation, de lui faciliter
l'échange avec les pays étrangers :

1° Des produits bruts de son territoire ;

2° Des produits de son territoire ayant subi
un travail ;

3° Des produits importés de l'étranger, bruts
ou ayant subi un travail.

Ces deux politiques doivent marcher de front,

être de la plus parfaite harmonie, agir et réagir l'une sur l'autre. L'un des régimes (intérieur ou extérieur) doit souvent se modifier par les besoins d'un peuple, lorsque l'autre régime peut mieux satisfaire ces besoins.

La prohibition est la seule législation qui puisse créer ou développer le travail dans l'intérieur d'un pays (1). La prohibition est la loi qui assure la *propriété* de l'industriel, propriété aussi légitime que la propriété foncière, puisque, comme cette dernière, elle n'est que le résultat du *travail* et de l'*épargne*.

_____

(1) Malgré le ridicule dont quelques économistes ont la prétention de couvrir le principe de la prohibition, malgré les injures qu'ils adressent trop facilement aux partisans de la prohibition, je *défie* tout économiste *consciencieux*, après avoir lu et relu les chapitres :

V. Du prix réel et du prix nominal des marchandises ou de la valeur en travail et de leur prix en argent ;

VI. Des partis constituants du prix des marchandises, dans Adam Smith, de ne pas conclure en faveur de la pro-

Mais dans une société, il ne suffit pas de reconnaître, par une loi, le droit de la propriété,
il faut encore que la propriété soit encouragée,
que l'individu soit attiré à devenir propriétaire ;
il faut, pour atteindre ce but, que le gouvernement, après avoir établi la loi destinée à *défendre*
la propriété, laisse l'individu libre de disposer
de son intelligence et de son activité comme il
l'entend. En échange de l'impôt auquel tous
les individus d'une société sont soumis, le gouvernement doit à chacun d'eux la plus grande
sollicitude. De même qu'il avance au proprié-

---

hibition et de ne pas être forcé, comme M. de Lavergne [*],
« de revenir à ceci, que la richesse d'une nation se mesure
» par ce qu'elle PRODUIT, c'est-à-dire par le développement
» de son agriculture, de son commerce et de son industrie. »
Qui dira comment l'agriculture, le commerce et l'industrie
pourront se développer, si ce ne sont les agriculteurs, les
commerçants, les industriels? Que demandent-ils pour cela?
La prohibition.

[*] *Journal des Economistes.* Janvier 1861, p 155.

taire foncier une partie de l'impôt en chemins, en améliorations de toutes espèces (matérielles ou immatérielles) qui enrichiront le propriétaire et lui-même à la fois, il doit aussi laisser au propriétaire industriel, à l'ouvrier, la plus grande liberté d'appliquer au travail leur activité, leur intelligence et leurs capitaux. Il devra par conséquent, non seulement s'abstenir lui-même de toute espèce de monopole, de toute concurrence avec le travail individuel, mais encore donner aux industriels, aux ouvriers, avec le secours d'une partie de l'impôt, toutes les satisfactions matérielles ou immatérielles que demandé le travail, créer à ce travail de plus grandes facilités par le régime intérieur et par le régime extérieur, lui ouvrir de nouveaux débouchés. Il est de son devoir, enfin, de suivre une politique commerciale extérieure en harmonie avec une bonne politique commerciale intérieure.

La prohibition ne peut être adoptée d'une manière absolue par une nation, *à moins que dans cette nation l'agriculture, les manufactures, les affaires de commerce et toutes les parties d'un territoire étendu (même patrie et colonies) n'agissent et ne réagissent chacune à son tour. Elle pourrait alors évidemment aller en augmentant sa richesse et sa force, fût-elle même entourée de la muraille d'airain de Berkley* (1).

Chaque nation n'est pas ainsi favorisée. Il lui faut alors, pour avoir des relations commerciales avec les autres pays, sacrifier quelques unes de ses industries, mais non toutes, et

---

(1) MALTHUS, *Systèmes agricole, industriel et commercial combinés.* — Cet économiste, qui le premier a eu l'idée que l'économie politique, destinée à rendre les hommes heureux, devait tenir aussi compte du *principe de la population,* ne trouvait donc pas la prohibition, autrefois *une muraille d'airain,* aujourd'hui *une muraille de Chine,* si malheureuse pour toutes les nations.

moins encore celles qui sont indispensables à sa
sûreté. Son sacrifice doit porter sur les industries auxquelles sa position, son climat ne per-
mettront pas de prospérer et dont le travail
sera toujours onéreux pour elle. Les débouchés
qu'elle aura obtenus par ses traités pour ses autres industries compenseront largement son
sacrifice. Elle aura ainsi ménagé à sa population, par sa politique extérieure, une plus
grande somme de travail que celle qu'elle aura
sacrifiée par sa politique intérieure.

Si l'on étudie les évolutions de la politique
commerciale dans chacun des pays riches aujourd'hui, on verra que chez tous les peuples
cette politique a été la même. Chez plusieurs
d'entre eux des modifications sont survenues,
mais elles étaient commandées et il eût été imprudent pour ces peuples de ne pas faire con-
corder leur politique commerciale avec les modifications survenues dans l'état de leur pays.

Jamais aucun pays d'Europe ne fut plus largement favorisé par la nature que la France, à
laquelle l'antiquité assignait une mission pro-
videntielle (1). Nation continentale et maritime,
point avancé de l'Europe, plus que l'Angleterre
destinée à être le principal anneau qui doit relier
l'ancien au nouveau monde, la France n'a pourtant eu de *politique commerciale* que pendant
deux fort courtes périodes de son histoire, de
1641 à 1683 (2) et de 1826 à 1848 (3). Pendant
la première période, Colbert mit vingt ans à
créer et à développer le commerce, l'industrie
et l'agriculture. Les nombreuses et précieuses
colonies dont la France avait pris possession,

---

(1) Personne ne peut douter en contemplant cette œuvre
de la providence, qu'elle n'ait disposé ce pays avec intention et non pas au hasard. — STRABON.

(2) Voir *Etudes sur Colbert,* par M. Félix JOUBLEAN.

(3) Consulter le *Bulletin des Lois* depuis 1789.

les compagnies privilégiées devaient nous donner la supériorité maritime que possède de nos
jours l'Angleterre, ce grand commerce d'importation et d'exportation, ce commerce d'entrepôt, ce marché monétaire, ce marché de
traites, de crédits, etc., que nous lui enverrons
toujours et que nous ne lui enlèverons jamais.

A la mort de Colbert, toute sa politique commerciale disparut anéantie par l'ineptie de
quelques uns de ses successeurs et l'ignoble
lâcheté des autres (1). Depuis le traité de 1786
jusqu'en 1815, la politique commerciale de la
France offre une réunion de mesures si con-

---

(1) Au milieu d'une guerre, pendant que son lieutenant
le marquis de Bussy parcourait en vainqueur une partie de
l'Inde, le gouverneur général de l'Inde française, Dupleix,
fut brutalement révoqué. Les ministres anglais avaient
exigé son rappel, les ministres de Louis XV avaient obéi.
(*Inde comtemporaine. — M. F. DE LANOYE.*)

traires et si étranges (1) qu'il est impossible de
dire s'il existait dans les esprits l'idée qu'il pût
y avoir pour une nation une politique commerciale. Après la Restauration, la France, épuisée
d'hommes et d'argent, fut longtemps avant de
se remettre au travail. La politique de Colbert,
suivie par les hommes d'Etat de cette époque,
n'était plus, dans beaucoup de ses détails, en
accord avec la situation du pays. La reprise du
travail date de 1826. L'histoire de notre politique commerciale pendant la période de 1826 à
1848, qui montrerait les progrès de nos industries, le développement du travail et le bien-
être que cette période de vingt-deux ans ré-
pandit sur notre pays, serait digne d'être mé-
ditée par les économistes et certaines autres

---

(1) Celui qui réunirait toutes les lois, tous les décrets
sur le commerce et l'industrie contenus dans le *Bulletin
des Lois* depuis 1789 jusqu'en 1815, ferait preuve d'une
bien grande patience.

gens (1). Les économistes , qui parlent sans cesse des langes dans lesquels la prohibition a maintenu l'industrie française, perdraient cette malheureuse habitude de compter les années du bas-âge de l'industrie française, et surtout d'en exagérer le nombre. Quelques écrivains pourraient aussi apprendre ce que commande la reconnaissance, si toutefois il y a place pour la reconnaissance dans le cœur abâtardi de ceux qui insultent la mémoire d'un roi parce que ce roi a trop épargné les biens et la vie de ses sujets.

Quelle est notre politique commerciale, et quelles sont les contradictions que l'on remarque dans ses deux parties?

Dans la politique intérieure, dans notre régime économique, que se passe-t-il? Pendant que les économistes actuels amassent de belles théories

_____

(1) Voir le *Bulletin des Lois*.

sur la fraternité des peuples et sur l'égalité devant les échanges, pendant que les socialistes,
tout aussi logiques que les économistes, rêvent
la fraternité dans la production et l'égalité dans
la richesse, que voyons-nous ? Tandis que chaque
homme d'Etat croit devoir s'incliner devant la
concurrence étrangère, qui donc songe à défendre le libre travail national ? Le travail est-il
libre en France ? — On le dit. — Mais man-
quons-nous de monopoles, et de monopoles
d'autant mieux défendus qu'ils sont la propriété
du gouvernement lui-même (1) ? Peut-on pré-
tendre que le travail est libre chez nous, lorsque nous voyons partout l'activité, l'intelligence,
les capitaux venir se briser devant les monopoles de l'Etat ?

---

(1) Qu'on cite dans l'ancien ou le nouveau monde un
pays civilisé ou non dans lequel l'Etat possède autant de
monopoles qu'en France, et fasse une concurrence aussi
malheureuse au travail individuel.

Monopole du tabac, dont le libre commerce nous eût fait obtenir dans notre politique extérieure les plus précieuses concessions de l'Amérique, de l'Espagne, etc..., de tous les pays producteurs, concessions que nos industries auraient bien vite su mettre à profit. Les immenses débouchés qu'elles eussent obtenus auraient augmenté leur force de production, auraient créé une *exportation* de près de 200,000,000 francs, somme à laquelle peut s'évaluer ce commerce laissé libre à la France. Ce bienfait de l'*exportation* n'eût pas été le seul. La politique intérieure, par le développement du travail, par l'augmentation de la marine marchande, des industries nécessaires à cette marine et à ce mouvement commercial, n'y eût certes pas perdu, et la consommation y eût gagné des produits meilleurs, plus abondants et à meilleur marché (1). Au mono-

_____

(1) Bien que sous tous les gouvernements ce monopole ait été maintenu, il a été vigoureusement attaqué sous le

pole du Tabac se joignent le *monopole* de la
fabrication de la Poudre, le *monopole* des travaux publics, le *monopole* de la construction

---

dernier règne. Sans la faute du dernier empire, qui en-
couragea, pour le malheur de notre commerce, les cultures
indigènes en concurrence avec les produits exotiques, il
est probable que ce monopole eût été détruit. *(Voir le rapport de M. Pasquier, directeur de l'administration des
Tabacs, 30 juin 1834).*

« Le privilége exclusif, dit M. le marquis d'Audiffret,
» attribué à l'Etat de la fabrication et de la vente des tabacs,
» est jugé aujourd'hui comme étant l'unique moyen de con-
» cilier la culture indigène avec un impôt sur cette nature,
» et d'obtenir de cet impôt un revenu d'une certaine im-
» portance. » *(Système financier de la France,* t. II, p. 166).

Aussi la culture indigène du tabac, de même que la culture indigène du sucre, est un grand malheur pour notre
commerce. Si nous tenons à ce que notre exportation *(par
tête)* s'agrandisse, il nous faut, par l'abandon de ce monopole par le gouvernement, après des traités avec les
pays producteurs, laisser le libre commerce et non la libre
culture du tabac, car, bien évidemment, les pays producteurs ne nous assureront des débouchés chez eux qu'à la
condition que nous ne fermerons pas leurs débouchés chez
nous.

des vaisseaux, les *monopoles* de l'administration de la marine, les *monopoles* des forges, des
fonderies, des armes de guerre, etc., etc...
jusqu'aux *monopoles* du garde-meuble et tant
d'autres qui tuent la petite industrie...

Le monopole ne peut être défendu par personne ; il énerve et finit par éteindre le génie
industriel et commercial d'un pays, quels que
soient d'ailleurs les avantages que Dieu et la
nature aient prodigués à ses habitants.

Le monopole est-il seul à combattre le développement du travail en France ? Malheureusement non. — Dans bien des petites industries,
le travail est devenu impossible. Le gouvernement a organisé sous diverses formes une concurrence plus ou moins directe contre le travail
individuel. Je ne veux citer que deux causes
de la misère et de la faiblesse de la petite
industrie : *le travail des prisons* et le *travail et
l'approvisionnement des régiments*. Ce que cette

concurrence produit et produira encore de malheurs, nul homme d'Etat ne semble le savoir,
nul ne le saura, à moins d'interroger, de voir
par lui-même, et peut-être encore n'aura-t-il
pas mesuré la profondeur du mal.

Par un motif louable, les gouvernements
ont voulu moraliser les détenus par le travail.
Ce but n'est pas atteint, car le travail des détenus est devenu aujourd'hui une spéculation.
Le concessionnaire trouve dans une prison un
établissement industriel muni de ses outils,
des ouvriers nombreux avec un salaire réduit
et toujours fixe (1). Les produits fabriqués à

---

(1) Le travail ne semble pas, jusqu'à présent, avoir mo-
ralisé les détenus. A leurs vices, l'organisation du travail
des prisons a ajouté d'autres vices. On reproche avec
justice à la grande manufacture, d'être une école de per-
dition ; la faute n'en est pas, je me hâte de le dire,
à la grande manufacture, mais à l'organisation actuelle,
qui empêche, par l'institution *des livrets*, le chef d'un établissement industriel de faire connaître si l'ouvrier qui le

25 0/0 souvent, au-dessous des prix de ceux de l'industrie particulière, sont vendus en concurrence avec ceux du petit chef d'atelier mal outillé, qui travaille avec sa famille ou avec deux ou trois autres ouvriers, dont il est trop souvent obligé d'augmenter les salaires.

Les régiments aujourd'hui achètent leurs approvisionnements *en gros* et possèderont bientôt tous des machines à coudre Un pareil état de choses n'est-il pas préjudiciable au petit commerce et au travail individuel?

Il y a des hommes, ambitieux sans dignité, intrigants de bas étage, qui pour parvenir sont toujours prêts à s'apitoyer sur les misères vraies ou fausses des ouvriers ou à les nier toutes, et

---

quitte est renvoyé, les causes de son renvoi, etc., etc. Si l'on a voulu moraliser les détenus par le travail, pourquoi avoir organisé dans les prisons, pour le plus grand préjudice de la petite industrie, un travail qui ne peut amener que les fâcheux effets du travail manufacturier.

que leurs dupes poursuivent un jour de leurs
haines et de leurs mépris ; mais il y en a bien
peu qui veuillent rechercher les vraies causes
de la misère, et encore moins qui aient le courage de faire la juste part des fautes de chacun
dans cette misère (1).

Voilà la situation de notre politique commerciale intérieure ; elle présente un champ
d'études assez vaste à ceux qui ont l'honneur de
prendre part aux affaires de leur pays, et la
gravité du mal qu'elle engendre devrait, il me
semble, être plus souvent exposée aux yeux du
gouvernement actuel par nos députés.

---

(1) Les économistes anglais et quelques uns de leurs
disciples français, il faut le dire à leur plus grande louange,
ont recherché les causes de la misère et les ont signalées
sans arrière-pensée. (Voir Malthus, Rossi, etc., etc.) L'un
d'eux, dont les écrits font connaître le noble cœur, Rossi,
a été assassiné, tandis que tant d'autres philantropes cou-
verts du plus profond mépris aujourd'hui, étaient les oracles
du peuple qu'ils trompaient impudemment.

Ces réformes nécessaires dans notre politique commerciale intérieure, et que l'augmentation de la population rendra chaque jour plus pressantes, sont-elles les seules que doivent demander ceux qui désirent sincèrement la prospérité de leur patrie et le bien-être de leurs semblables ?

Notre politique commerciale extérieure réclamait de bien plus grandes améliorations. Le traité de commerce du 5 janvier 1860 a changé cette politique ; mais je crois (et je désire du fond du cœur me tromper), je crois que la nouvelle législation commerciale nous sera moins favorable que ne l'était celle, défectueuse sous plus d'un rapport, qu'elle a remplacée.

Depuis le commencement du siècle, notre politique commerciale intérieure, sans cesse en contradiction avec notre politique commerciale extérieure, paraît avoir conspiré la chute du commerce chez nous. Poussé par les nécessités

de la guerre, forcé par le perpétuel état d'hostilité dans lequel il a mis la France vis-à-vis des
autres nations, l'empire donne naissance à tous
les monopoles et, pour le malheur de notre
commerce, encourage la culture indigène des
produits exotiques (1).

La Restauration succède à l'empire. — Deux
voies s'ouvrent devant elle : renoncer aux monopoles, indemniser, puis interdire les cultures
indigènes de produits exotiques, et alors demander de nouveaux sacrifices à un pays déjà épuisé
par ses récents sacrifices ; ou bien suivre les
errements économiques du premier empire re-
connus mauvais. Dominée par les difficultés que
lui a léguées le précédent gouvernement, la Restauration maintient les monopoles et leur prépare ainsi une force qui s'augmentera chaque

---

(1) Le monopole du tabac, aboli en 1791, fut institué
par un décret impérial du 29 décembre 1810. (Voir le *Bulletin des Lois*). — L'empire a donné les premiers encou-
ragements au sucre de betterave, etc., etc.

jour par l'accroissement des revenus qu'ils donneront à l'Etat.

Sous le dernier règne, il fut question d'indemniser les planteurs de sucres indigènes, peut-être de laisser le commerce du Tabac libre. Mais la sucrerie indigène avait pris un tel essor, les revenus de quelques uns des monopoles étaient devenus si importants, les autres s'étaient tellement assimilés à l'Etat, que l'indemnité eût été trop considérable pour le Trésor, le déplacement des revenus existants eût exposé les finances à trop de dangers. Par respect pour des propriétés qu'il ne pouvait indemniser à leur juste valeur, pour éviter dé nouveaux impôts, le gouvernement, avec un louable sentiment de justice, renonça à affranchir le commerce. Que ceux qui seraient tentés de lui reprocher un si honorable scrupule, se souviennent d'où provenait le mal et des difficultés qu'il eut éprouvées en cherchant à le réparer.

Nous ne possédons, en fait de colonies dignes de ce nom, que Bourbon, la Martinique et la Guadeloupe. Toute leur richesse consiste dans la la production du sucre. L'ancienne politique commerciale leur défendait de vendre leurs sucres à d'autres navires qu'à des navires français et les forçait à débarquer leurs chargements en France, où les attendait la concurrence indigène. Quelle sera leur situation sous la législation coloniale actuelle ?

Celui qui étudierait le commerce et l'industrie chez nous, et qui reconnaîtrait immédiatement le peu de souci que tous les gouvernements, à part celui du roi Louis-Philippe, ont paru prendre de la prospérité de ces deux admirables institutions, à moins de s'arrêter à des idées préconçues, ne pourrait qu'être étonné de les voir encore exister.

On admire sans cesse l'extension du commerce et le développement de l'industrie en An-

gleterre, et c'est à peine si l'on songe à rendre
justice à notre génie industriel et commercial.
L'Angleterre a vu grandir son industrie et son
commerce, parce qu'elle a suivi la ligne politique la plus favorable à leurs progrès. Chez elle,
la prospérité que nous envions est tout entière
l'œuvre de ses hommes d'Etat; chez nous, au
contraire, malgré les révolutions, malgré les
changements de politique, malgré les entraves
mis à leurs développements, l'industrie et le commerce ont atteint un certain degré de progrès;
ce progrès est l'œuvre de l'individu isolé, du
commerçant, de l'industriel. Quelle puissance
n'acquerrait pas la France, si un homme d'Etat,
digne émule de notre glorieux Colbert, parvenait
jamais, par son puissant génie, à dominer le commerce et l'industrie, et par une politique commerciale, libérale et hardie à la fois, savait leur
tracer la voie dans laquelle son pays trouverait
aisément la grandeur et la richesse? L'exemple

de l'Angleterre est là, et cependant nous ne savons qu'envier et nous ne savons pas *avoir le courage de vouloir.*

Mais à quoi bon s'appesantir sur le passé, à quoi bon les regrets, devant l'indifférence actuelle? quelques uns diront aussi : à quoi bon les espérances? Je ne pense pas ainsi. Ce que, depuis Colbert, les gouvernements n'auront pas fait, l'un des gouvernements à venir le fera, j'en ai la ferme conviction, car la France est trop grande, trop intelligente pour ne pas, un jour venant, prendre le rang qu'elle devrait occuper comme nation industrielle et commerçante.

Ainsi donc, si nous n'avons pas de commerce d'exportation, si l'exportation est de *50 francs par tête en France, et en Angleterre de 100 francs* (calcul que je crois exagéré, car d'après le nombre de ses consommateurs étrangers, d'après ses débouchés, l'exportation de l'Angleterre n'est pas à celle de la France dans la proportion de deux à un), *ce n'est pas parce que nos industriels ont moins de goût que les industriels anglais, ni parce qu'un ouvrier français ne vaut que la moitié d'un ouvrier anglais,* mais parce que nous n'avons pas de débouchés. Nous n'avons pas de débouchés parce que nous ne suivons pas la seule politique commerciale qui peut nous les assurer. *Nos ouvriers, qui travaillent 72 heures contre les ouvriers anglais 56,* feraient un travail double, que nous ne serions pas plus avancés, à moins que chacun de nos consommateurs étrangers ne consentît à consommer comme dix des consommateurs de l'Angleterre.

D'après l'honorable député, « l'absence de » notre exportation doit être attribuée au sys-» tème économique qui a tenu notre industrie » dans les langes depuis 50 ans et ne lui permet » pas de soutenir la concurrence étrangère. » Il trouve cette absence d'exportation fort *naturelle* et « en accuse le système français, créé non

» pour favoriser la concurrence française à
» l'étranger, mais pour défendre l'industrie
» nationale contre la concurrence étrangère,
» ce qui est le contraire, ce qui est l'op-
» posé. »

L'orateur fait ici une confusion qu'il n'est
pas inutile de signaler, car il semble faire consister la politique commerciale d'un pays dans
la prohibition ou dans le libre-échange, et se
borne à juger celle de la France d'après une
seule de ses institutions les plus apparentes. —
Il y a dans cette manière d'envisager une question aussi étendue, seulement sous l'une de ses
nombreuses faces, un grand danger. On arrive
souvent ainsi, le discours de l'honorable député nous le prouve, à décrier à tort une institution utile à son pays, à l'accuser injustement
du mal dont elle est innocente, quelquefois à
la faire disparaître. Le système français, compris avec intelligence, doit et devra toujours se

composer de deux parties distinctes. Ces deux parties, quoique destinées à donner satisfaction à deux intérêts différents, doivent avoir le même but : *l'accroissement de la richesse nationale pour le bien-être des populations*. L'une, la politique commerciale extérieure ou la *législation commerciale*, protège les intérêts du commerce; l'autre, la politique commerciale intérieure ou le *régime économique*, s'attache principalement au développement de tout travail utile, matériel ou immatériel. A l'intérieur, cette dernière a organisé et encouragé le *travail agricole* par l'institution de la *propriété; le travail industriel* par l'institution de la *prohibition; les travaux de l'intelligence, des arts,* par les *brevets d'invention,* par la *propriété littéraire,* etc., etc. Elle n'est vicieuse que lorsqu'elle s'oppose à la propriété et au travail, comme dans les monopoles et dans les concurrences faites par le gouvernement au travail individuel.

Accuser la prohibition d'être la cause de l'absence de notre exportation, n'est donc pas faire preuve de logique ; autant vaudrait-il, comme les socialistes, accuser la propriété foncière d'être cause de la misère.

Les discussions qui ont eu lieu au Corps législatif ont satisfait le monde officiel. — M. Michel Chevalier les trouve remarquables ; les préfets, dans leurs improvisations, les jugent égales en grands aperçus, sinon supérieures aux *joûtes oratoires* du dernier règne.

Qu'en pensent les industriels et les commerçants, auxquels ces appréciations sont adressées ?

En France, on confond souvent les besoins du commerce avec ceux de l'industrie ; de là, cette erreur assez générale qui consiste à confondre aussi leurs deux législations. Le commerce et l'industrie ont des besoins différents, leurs désirs sont presque toujours opposés ; cependant, dans

leur propre intérêt, pour exister d'une manière
durable, et dans l'intérêt du pays dont ils doivent tous deux concourir à augmenter la force
et les richesses, ils ne peuvent pas se développer isolément. Je dirai plus, il me semble
qu'aux yeux de l'homme d'Etat, ils ne doivent
pas se produire isolément dans un pays; car,
de nos jours, que peut être l'industrie sans le
commerce qui la met à même de profiter des
débouchés ouverts; quel est l'avenir du commerce sans l'industrie, qui lui fournit les produits destinés aux échanges? — L'histoire, il est
vrai, rapporte d'éclatants exemples de nations,
de villes enrichies par le commerce ou par l'industrie; mais l'histoire nous apprend aussi les
causes de leur chute soudaine et leur impuissance à recouvrer leur ancienne splendeur. Nations faibles malgré leurs immenses richesses,
les unes n'ont pu résister à une guerre maritime et encore moins en réparer les désastres,

les autres sont tombées sans pouvoir se relever
devant la prohibition, par laquelle de nouvelles
rivales s'affranchissaient de leur dépendance
commerciale.

C'est un lieu commun de dire que, se déve-
loppant ensemble, le commerce et l'industrie
ne font pas uniquement la fortune des individus
et le bien-être des populations, mais constituent
encore les principaux éléments de la force et de
la grandeur des nations. Nous avons sous les
yeux l'exemple de l'Angleterre, et il faut rendre
justice à notre bonne volonté d'imitation. Mais
nous comprenons mal les enseignements que ce
grand pays nous donne, et les erreurs en pareille matière se réparent difficilement. Séduite
par des résultats, sans songer aux causes qui
les ont produits, la France d'aujourd'hui croit
ne pouvoir mieux faire que d'abandonner la
politique commerciale indiquée par sa situation, pour copier servilement des institutions

admirablement appropriées aux besoins du peuple anglais, mais inutiles pour nous. Combien d'esprits se mettent ainsi à la remorque de l'Angleterre pour dissimuler tant bien que mal l'intelligence commerciale qui leur fait défaut (1).

---

(1) Nous possédons les magasins généraux, les ventes publiques, les warrants, etc., etc..., institutions fort utiles pour le peuple anglais, mais qui le sont fort peu pour pour nous, quand à présent du moins. — D'un autre côté, en considérant notre position géographique, chacun conviendra que la nature nous a donné comme peuple commerçant, des avantages bien supérieurs à ceux que possède l'Angleterre. Si nous sommes favorisés par la nature, les progrès des autres nations viennent aussi à notre aide. Les relations faciles et sûres créés par les chemins de fer se combinent avec nos avantages naturels. Tout ne semble-t-il pas appeler le mouvement commercial de l'Europe à se concentrer en France? Nous possédons tous les moyens de propérer, et nous ne pouvons pas les employer. — En France, ou les paroles tiennent trop souvent la place des actions, on nous parle beaucoup de l'accroissement de notre mouvement commercial : un chiffre de 4 milliards semble nous éblouir et nous ne voyons pas que le péril est dans l'élévation de ce chiffre lui-même. Je demanderai

Le commerce et l'industrie ne peuvent jeter
de profondes racines dans un pays, lui donner
la richesse et la puissance que s'ils y grandissent
simultanément. Alors leurs intérêts, quoique op-

---

seulement à ceux qui s'enthousiasment si facilement, la part
que le transit occupe dans ce chiffre de 4 milliards. Encore
une fois, nous pouvons devenir un grand peuple commerçant, mais si par de continuels changements de législations,
si par le mauvais vouloir des administrations, qui doivent
se plier à nos besoins, tandis qu'aujourd'hui nous sommes
soumis aux exigences de ces administrations, nous sommes
maintenus dans l'impuissance de profiter des moyens que
la nature et les progrès des nations de l'Europe ont mis
entre nos mains, ces mêmes avantages méconnus tour-
neront contre nous. — Le commerce français devra se
résigner à n'avoir dans le mouvement commercial Euro-
péen d'autre avenir que celui qui est réservé à ces villes
intermédiaires placées entre les deux têtes d'une ligne
de chemin de fer.— Si nous pouvons considérer la France
comme le principal anneau destiné à relier l'ancien au
nouveau monde,— que dire de la Bretagne ? Et cependant
qu'a-t-on fait pour celle-ci? Richelieu et Colbert avaient
choisi Nantes et Lorient pour en faire le centre du commerce français ; nos hommes d'Etat actuels, plus modestes,
se contenteront-ils de Boulogne et de Calais ?

posés, se lient si étroitement par cette nécessité de concourir à un seul et même but,
que l'un ne vit plus en réalité que des sacrifices
imposés à l'autre.

Puisque dans leur intérêt et dans l'intérêt de
la France, notre commerce et notre industrie ne
vivaient et ne devaient vivre que de leurs
mutuels sacrifices, pouvons-nous applaudir aux
joûtes oratoires du Corps législatif? N'y deman-
dait-on pas, au nom du commerce, d'imposer
les plus lourds sacrifices à l'industrie, et ne re-
fusait-on pas à celle-ci le maintien des sacrifices
que lui faisait le commerce et auxquels il était
habitué.

Une bonne politique commerciale commande
de développer le commerce français avec l'étranger, tout en protégeant la masse de nos industries contre la concurrence étrangère ; et cette
politique, composée d'une *législation commer-*
ciale en harmonie avec notre *régime économique*

intérieur, n'a , comme veut le croire l'honorable député, rien de *contraire* ni rien d'*opposé* dans ses deux parties.

S'il était possible de concilier d'immenses débouchés pour notre exportation avec le strict maintien de la prohibition, ce serait, l'honorable député ne me démentira pas, le meilleur système pour la France (1). Que le gouvernement renonce donc à ses monopoles, qu'il renonce à ces fâcheuses concurrences dirigées contre le travail individuel, qu'il répare la faute

---

(1) A cela , les libre-échangistes répondront par l'impossibilité de la pratique ; aussi je ne prétends pas qu'il faille à la France une prohibition absolue. Nous ne sommes plus cette nation dont parle Malthus , qui *possède une mère-patrie et des colonies nombreuses, toutes les parties d'un territoire, agissant et réagissant entre elles, et pourrait grandir en forces et en richesses, même derrière une muraille d'airain.* Nous pouvons sacrifier quelques industries, tous nos monopoles à la concurrence étrangère, mais non, comme le demande le libre-échange, toutes nos industries.

capitale du premier empire, auquel nous devons la culture des produits exotiques, qu'il adopte enfin à l'intérieur le régime le plus approprié au développement de tout travail, nous aurons naturellement d'immenses relations, d'immenses débouchés, et la prohibition, protégeant nos industries les *plus utiles,* ne sera plus un sujet d'envie pour les autres nations.

La prohibition est si bien la base essentielle de notre régime intérieur, que si nous sommes les plus faibles et si nos industries succombent, on se demandequels produits nous exporterons? Tout a été fort bien coordonné par la Providence; les libre-échangistes, en y réfléchissant tant soit peu, s'en apercevront immédiatement. Les produits qui forment le commerce d'exportation et d'importation sont de nature différente; l'importation ne nous apporte que des matières premières, des produits du sol; l'exportation renvoie aux colonies des produits manufacturés.

Quel intérêt peuvent avoir les colonies à nous voir adopter le libre-échange ou la prohibition ? Il doit leur suffire de ne pas nous rencontrer comme concurrents dans la culture de leurs produits.

Le libre-échange, ainsi qu'on le comprend en France, n'est malheureusement pas le commerce *libre* tel qu'il devrait l'être, mais bien la concurrence étrangère autorisée chez nous pour nous donner la facilité de porter notre concurrence à l'étranger. Ce droit de porter notre concurrence à l'étranger, d'exporter nos produits, nous l'avions déjà ; en quoi la concurrence étrangère pourra-t-elle nous faciliter les moyens de faire une concurrence, une exportation que nous n'avons pas faite jusqu'à présent ?

VIII.

Le libre-échange au Corps législatif n'a pas eu l'ambition d'agrandir notre commerce, mais bien la prétention de mettre nos industries en lutte avec les industries étrangères. Il n'existe pas d'industries aux colonies, c'est donc une lutte entre le travail français et le travail des différentes nations de l'Europe ? Dans quelle intention ? M. Baroche nous l'apprend.

« Il y a en effet, dit-il, un grand intérêt que
» personne n'oublie assurément, mais auquel
» le devoir du gouvernement est de penser plus
» que tout le monde, l'intérêt des consomma-
» teurs qui sont la majorité dans le pays, mais

» qui parlent beaucoup moins et beaucoup moins
» haut que la minorité, dont l'intérêt est quel-
» quefois différent. Cet intérêt respectable sans
» doute de la minorité, est-il atteint par une
» mesure quelconque? Partout il trouve des
» défenseurs énergiques parlant haut, et dont
» la voix à force de se faire entendre, pourrait
» être prise pour la voix de la masse. Ce serait
» là une grande erreur; l'intérêt de tout le
» monde n'est pas défendu par tout le monde. »
Car « sans nier que les producteurs consom-
» ment, » M. Baroche soutient que « tous les
» consommateurs ne produisent pas (1). »

Ainsi donc, cette concurence étrangère est
autorisée pour satisfaire la consommation et
rien que la consommation.

La loi naturelle commande à tout individu,
pour la conservation de son existence, de con-

---

(1) *Moniteur*, avril et mai 1861.

sommer *lui-même* pour vivre, de produire *lui-même* pour consommer, et de travailler *lui-même* pour produire. Elle veut de plus que la production de chaque individu soit *au moins égale* à sa consommation, sinon il sera à la charge de son voisin, et il n'y a que deux moyens d'être à la charge de son voisin : mendier ou voler.

Ainsi qu'à l'individu, la loi naturelle commande à la société de produire *elle-même* pour consommer et d'avoir une production *au moins égale* à sa consommation (1). *Si c'est un devoir pour le gouvernement* (2) *de veiller à l'intérêt de la*

---

(1) Le revenu *(production)* national doit régler la dépense *(consommation)* nationale. (SISMONDI).

Quand les productions annuelles *d'un pays* surpassent les consommations annuelles, on dit qu'il augmente son capital, et quand la consommation annuelle n'est pas tout au moins remplacée par la production annuelle, on dit que le capital national diminue. (RICARDO.)

(2) Si l'on admet qu'il soit du devoir du gouvernement

consommation, il y a pour lui un devoir autrement impérieux, un devoir imposé par la *loi
naturelle,* qu'il est obligé de faire exécuter par
la *loi positive,* c'est *de veiller à l'intérêt de la production.*

Que le gouvernement croie de son devoir de
favoriser la consommation, le sentiment qui le
fait agir est généreux (1) ; mais qu'il favorise la
consommation par une mesure contraire à la
loi naturelle, contraire à la production dans la
société qu'il est appelé à diriger, la société souf-

---

de *veiller* à l'intérêt de la consommation, n'arriverait-on
pas rapidement au *droit au travail* tel qu'il a été proposé
et défendu en 1848 ?

(1) Un gouvernement peut favoriser la consommation
par des réductions d'impôts. Cette faveur accordée à la consommation est la seule qu'il puisse lui accorder sans nuire
à la production. Loin de nuire à la production, elle développe la consommation et, par suite, développe la production ; car la consommation *d'un pays* réagit sur sa production.

frira de la faute qu'il aura commise. Au moment du libre-échange devant la concurrence du travail étranger, notre industrie résistera ou bien elle succombera. Si elle résiste, c'est qu'elle aura produit à plus bas prix que l'étranger, et la concurrence ne donnera aucun avantage de bas prix à la consommation. Si elle ne produit pas à aussi bas prix, et même à plus bas prix que l'industrie étrangère, les produits étrangers séduiront la consommation, tandis que les siens seront refusés ; elle succombera, et ce que la France aura consommé de travail étranger diminuera d'autant le travail national.

A cela, on peut répondre que le gouvernement, par l'entremise de M. Baroche, affirme « que les consommateurs sont en majorité en » France ; » et bien qu'il ne nie pas que « les » producteurs consomment, » il assure que tous « les consommateurs ne produisent pas. » La situation, il faut en convenir, est embarrassante

pour ceux qui cherchent la solution de la question du libre-échange Partager l'opinion du
gouvernement et admettre *que tous les consommateurs ne produisent pas,* c'est donner raison à
l'anteur de *la Philosophie de la Misère.* M. Prou-
dhon demandera, avec raison, « qu'on lui ex-
» pose une bonne fois cette théorie du DROIT
» de consommation improductive, cette juris-
» prudence du bon plaisir, cette religion de
» l'oisiveté , prérogative sacrée d'une caste
» d'élus ! (1). »

Le meilleur moyen de prouver qu'il n'existe
pas de caste d'élus autre que celle qui se recrute
et se maintient par le *travail* et par l'*épargne,*
c'est de ne pas admettre de *consommateurs improductifs,* c'est de reconnaître avec la loi naturelle qu'il n'y a pas d'individu ni de nation *qui
puisse consommer sans avoir produit, et dont la*

---

(1) *Philosophie de la Misère.* — *De la valeur.*

production ne soit pas au moins égale à sa consom-
mation ; c'est de professer, avec l'un des économistes les plus consciencieux, que « l'histoire
» de la richesse est TOUJOURS enfermée dans
» ces mêmes bornes : 1° Le travail qui crée ;
» 2° l'économie (l'épargne), qui accumule ; 3° la
» consommation, qui détruit (1). »

Lorsque le libre-échange aura permis aux
produits étrangers la concurrence avec les produits français, lorsque par leur bas prix les produits étrangers auront été consommés par nous,
il arrivera inévitablement les résultats suivants :
1° Nous aurons encouragé le travail étranger aux
dépens du travail national ; nous aurons, par
un débouché nouveau, favorisé l'accroissement
du travail étranger ; 2° après avoir développé et
encouragé le travail étranger aux dépens de

---

(1) *Principes d'Economie politique. — De la formation
des richesses. —* SISMONDI.

notre industrie, nous aurons favorisé chez l'é-
tranger, aux dépens de la fortune nationale,
l'épargne et l'accumulation de la richesse ,
épargne et accumulation qui ne proviennent que
du travail ; 3° en dernier lieu, consommant sans
produire, ou produisant insuffisamment pour
notre consommation (1), nous aurons un jour
dissipé la richesse nationale, l'épargne faite an-
térieurement au libre-échange, et *notre pouvoir
de commander le travail*, même celui à bas prix
de l'étranger, disparaîtra dès que notre épargne
sera épuisée.

Quel peut être, je le demande à tout libre-
échangiste de bonne foi, le sort réservé à la

---

(1) Les économistes libre-échangistes (car il y en a, et
des meilleurs, qui sont prohibitionnistes) nous disent que le
développement du travail dans certaines industries compen-
sera la perte de travail produite par la chute des industries
qui ne soutiendront pas la concurrence. Où en est l'assurance pour nous ?

nation à laquelle son épargne épuisée et l'absence du travail national anéanti ne permettent plus de commander le travail national ou étranger, la production annuelle nécessaire à sa consommation annuelle (1) ?

« L'intérêt de tout le monde, dit M. Baroche, » n'est pas défendu par tout le monde. » Ce n'est, hélas ! que trop vrai. Si certains individus croient satisfaire leur véritable intérêt en cherchant à satisfaire tous leurs désirs et se

---

(1) Le territoire restera toujours à la nation qui aura perdu son industrie par le libre-échange. Il y a même des économistes qui soutiennent que l'agriculture suffit à une nation. Comme *la production d'une nation doit égaler au moins sa consommation*, comme *le travail commande et paie le travail*, comme *les produits se paient avec des produits*, dans cette nation il faudra de deux choses l'une : 1° Ou que les prix des produits manufacturés de l'étranger tombent à plus bas prix qu'ils n'étaient pendant la concurrence, puisque ces produits étaient payés par l'agriculture, le commerce et l'industrie, et qu'ils ne pourront plus être payés que par l'agriculture ; 2° ou bien il faudra que les

livrent à un faux calcul (car ils peuvent momentanément, aux dépens de l'intérêt général,
satisfaire ce qu'ils appellent leur intérêt et qui
n'est que leur égoïsme, mais l'intérêt général
finira toujours par influer sur leur véritable intérêt particulier), il y a aussi des individus éga-
rés qui confondent le véritable intérêt particulier de leur semblable avec un sentiment égoïste
qui est loin d'être dans son cœur, attaquent
aveuglément cet intérêt particulier sans lequel
il n'existe pas d'intérêt général, dont ils doivent

---

produits du sol paient à eux seuls les produits que la nation
payait avant la concurrence avec les produits du sol, du
commerce et de l'industrie, il faudra donc que les produits
du sol, par un prix excessif, représentent les prix avant
combinés des produits du sol, de l'industrie et du commerce. Laquelle de ces suppositions est la plus probable ?
Evidemment la dernière. Alors, que les économistes libre-
échangistes nous expliquent donc comment ils concilieront
le bonheur de l'individu avec cette obligation pour lui de
payer son pain à des prix excessifs ?

eux-mêmes retirér la satisfaction de leur véritable intérêt particulier. C'est ce que nous
voyons dans le libre-échange, et c'est cette confusion volontaire ou involontaire des ennemis
de la prohibition qui faisait sans doute dire à
l'honnêteté de M. de Dombasles : « Je ne sais
» si un Français voudrait dire, ou même vou-
» drait trouver la vérité toute entière sur quel-
» ques unes des questions qui tiennent à ce
» sujet. »

IX.

La loi naturelle ordonne le travail à l'individu et à la société, limite leur consommation
à leur production. Elle dit, de plus, *que ce qui
convient à l'individu* (l'intérêt particulier) *doit toujours convenir à la société* (l'intérêt général); mais
elle défend à l'individu d'imposer à la société
tous ses désirs, ses caprices, ses passions, son
égoïsme, sa paresse. Si elle punit par la mort
ou la misère l'homme à l'état de nature qui se
livre à ces vices, elle punit par le désordre (la
mort de toute société) la société qui tolère ou
encourage ces vices, et qui, en un mot, ne sait
pas se gouverner par des *lois positives* en harmonie avec ses préceptes.

Dans la production des richesses, comment
l'individu, contrairement à son intérêt particulier ; la société, contrairement à l'intérêt général, transgressent-ils la loi naturelle ? Là est
toute la question, là est la différence qui existe
entre le libre-échange et la prohibition.

La loi naturelle ordonne à l'individu et à la
société de produire et de consommer à la fois ;
mais elle leur impose le travail, c'est-à-dire
l'*obligation de produire avant de consommer*. Le
libre-échange ne tient aucun compte de cette
obligation de produire avant de consommer ; il croit,
ou plutôt affecte de croire que la *consommation
règle la production* (1), ce qui est une grave erreur.

L'individu et la société doivent *produire* et
consommer à la fois. L'économiste qui prétendrait

---

(1) La consommation influe sur la production, mais ne
la règle pas. (Voir note 2.)

faire le bonheur de ses semblables en ne s'occupant que des conditions les plus favorables à l'un de ces deux actes, se tromperait étrangement.

Quel serait, en effet, l'économiste le plus déraisonnable, celui qui dirait à chaque individu de son pays de consommer tout ce qui peut lui être utile ou agréable, et ne lui en donnerait pas les moyens ; ou bien celui qui forcerait son pays à produire toutes les jouissances , tous les objets indispensables à l'existence de ses habitants, et qui défendrait à chacun d'eux de se les approprier par son travail? C'est pourtant ce que nous voyons. D'un côté, la folie libre-échangiste ; de l'autre, la folie socialiste.

Selon qu'on envisage isolément la production ou la consommation, on devient libre-échangiste ou prohibitionniste.

Tous les économistes libre-échangistes qui dans leurs écrits se sont étendus sur la produc-

tion, malgré leurs conclusions, donnent les arguments les plus forts à la prohibition (1). Ceux qui
n'envisagent que la consommation demandent
le libre-échange parce qu'ils *voient la véritable*
richesse dans l'ample consommation de toutes choses
procurant l'aisance et le bien-être des populations (2).

---

(1) Voir tous les économistes : AD. SMITH, MALTHUS,
RICARDO, ROSSI, etc., etc. à chacune des pages de la *pro-*
duction ou de la *population*.

(2) *Société d'économie politique*. 6 janvier 1861. (Voir
le *Journal des Economistes...*) — « M. Renouard, prési-
» dent, dans un exposé final passe en revue les avis qui
» viennent d'être exprimés ; il abonde ensuite dans le sens
» de M. Horn, et voit la véritable richesse dans l'ample
» consommation de toutes choses, produisant l'aisance et
» le bien-être des populations.
» M. de Lavergne croit que M. Renouard donne une
» importance trop exclusive à la consommation. La ri-
» chesse d'une nation ne se compose pas seulement de ce
» qu'elle consomme, il faut y joindre aussi ce qu'elle
» épargne ; car si elle n'épargnait pas en même temps
» qu'elle consomme, elle irait en s'appauvrissant, *elle vi-*
» *vrait sur son capital.* En épargnant, au contraire, elle

Cependant, lequel des deux systèmes (en admettant toutefois le libre-échange comme un système) est le plus logique?

N'est-ce pas, le bon sens de chacun l'indiquera suffisamment, celui qui laissera l'individu libre de rechercher dans le travail la satisfaction de ses besoins matériels et immatériels, et qui réservera à cet individu *producteur* et *consommateur*, de préférence à l'étranger, tous les

---

» prépare pour l'avenir de nouveaux moyens de PRODUC-
» TION, et il faut toujours en revenir à ceci : que la richesse d'une nation se mesure par ce qu'elle PRODUIT,
» c'est-à-dire par le développement de son *agriculture*,
» de son *commerce* et de son *industrie*.

  » M. Renouard réplique qu'il ne croit pas être en désaccord avec M. de Lavergne, et qu'il comprend les
» épargnes dans un bon emploi de la richesse. .   .   . »

Cela est vrai; mais M. Renouard ne dit pas comment s'obtient la richesse, dont le bon emploi permet les épargnes. Est-ce par la *production* , comme le dit M. de Lavergne, ou bien est-ce par l'*ample consommation de toutes choses?* C'est sur ce point qu'existe la différence entre la production et le libre-échange.

avantages qu'il peut retirer de la société dont il fait partie et qu'il contribue à faire vivre par son travail ? n'est-ce pas la prohibition ?

Le libre-échange n'est d'ailleurs pas un système. A-t-il des lois ? Non. — Possède-t-il des règles ? Aucunes. — Est-il d'accord avec la *loi naturelle ?* Non, puisqu'il n'a pas de *lois positives* destinées à en assurer la parfaite exécution. — *Laisser passer, laisser faire* ne seront jamais regardés comme des lois dans une société où chacun des membres qui la composent n'est pas parfait. Ce prétendu système est insaisissable ; il prétend faire le bonheur de l'humanité, il n'a que des promesses. Mais les promesses ne suffisent pas dans une question aussi grave, et si le raisonnement voulait en faire justice, il devrait le suivre dans toutes ses évolutions les plus contradictoires.

Au moment de la levée des prohibitions, le programme impérial a été reconnu comme l'annonce de l'adoption future du libre-échange. Toute la presse du moins l'a proclamé.

Le libre-échange s'est présenté, dans le *Journal des Débats*, comme devant favoriser l'*ample consommation de toutes choses ;* cette *ample consommation* a fait défaut. N'ayant aucun avantage positif à donner par le libre-échange, le même journal s'est retranché dans les grands mots. Il a voulu, par le libre-échange, *faire triompher le principe de la justice.* Quelle justice? Il s'est bien gardé de nous le dire. C'est une triste chose que l'abus des grands mots, et nous pouvons voir, dans bien des pays, que l'abus des mots de justice et de liberté a rendu ces pays indifférents à toute liberté et à toute justice. Dans un autre journal, l'*Avenir commercial*, journal plus au courant des affaires et par conséquent plus *pratique*, le libre-échange s'est donné l'étrange privilége de devoir favoriser et développer le travail mieux que ne l'avait fait la prohibition.

L'*Avenir commercial* peut reprendre, depuis l'annonce de la levée des prohibitions, tous les bulletins des opérations commerciales. De même que le *Journal des Débats,* il pourra s'assurer qu'il y a eu, en France, des oscillations de prix sur tous les marchés, et que plus, par chaque décret, nous avancions vers le libre-échange, plus ces oscillations se sont amoindries pour se réduire à des prix excessivement bas.

Ces bas prix, ruineux pour l'industrie et pour le commerce, ont-ils été favorables à *ce grand intérêt de la masse,* ont-ils donné l'*ample consommation de toutes choses ?* Non — il y a des chiffres, il y a des faits qu'on ne peut démentir. Ces bas prix ont-ils développé et favorisé le travail ? Non — il y a des chômages et une misère générale, qu'à moins d'être sourd ou aveugle, on ne peut nier.

Ces deux journaux répondront que nous sommes dans un moment de transition. Un moment de transition qui dure depuis deux ans et dont il est impossible de prévoir la fin ! Un moment de transition ne dure pas indéfiniment ; dans l'esprit de ces deux journaux, à quoi doit-il aboutir ? N'avons-nous pas le libre-échange à peu de chose près (1). Dans quelques mois, dans quelques jours, peut-être, ne l'aurons-nous pas complet ? — Il le faut, dira-t-on. Eh ! oui, il le faut, parce que nous sommes sur la pente et que nous sommes entraînés.

---

(1) Notre protection n'est que *nominale*. A Paris et à Londres, des agents et des amis du Véritas, pour me prouver que cette institution était excellente, non seulement pour la France, mais encore pour l'étranger, m'ont affirmé que pendant la guerre de Chine (à cette époque, notre pavillon était encore protégé) le gouvernement français avait affrété 80 navires anglais pour effectuer ses transports, et cela sans même offrir ces frets à la concurrence française.

Deux navires anglais, toujours au moment où nous étions protégés, pour une différence insignifiante dans le fret (2 fr. par tonneau, je crois), ont chargé pour Chine sous les batteries du fort de Toulon.

Une fois le libre-échange établi en France, aurons-nous l'*ample consommation de toutes choses* par les bas prix ? Aurons-nous l'abondance du travail ? — Non. — Nous aurons, c'est ma conviction, une plus grande difficulté que celle qui existe aujourd'hui dans les affaires, et des transactions plus languissantes qu'elles n'ont jamais été ; et cet état de choses ne sera pas préjudiciable seulement aux industriels et aux commerçants, mais encore à chacun des habitants de notre pays.

Il en sera ainsi, parce que le libre-échange méconnaît la nécessité du travail, et que méconnaître cette nécessité du travail, c'est méconnaître la loi naturelle qui préside à la formation des richesses.

CHAQUE INDIVIDU, CHAQUE PAYS DOIT TRAVAILLER, C'EST-A-DIRE PRODUIRE CE QU'IL CONSOMME.

Cette vérité est niée par les libre-échangistes, et ceux qui s'appuient de l'autorité d'Adam

Smith, auraient dû le mieux lire et sûrement le mieux comprendre.

« La division du travail, dit-il, une fois gé-
» néralement établie, *chaque homme* ne produit
» plus, par son travail, que de quoi satisfaire
» une très petite partie de ses besoins. La plus
» grande partie ne peut être satisfaite que par
» l'échange ou le surplus de ce produit qui
» excède sa consommation, contre un pareil
» surplus du travail des autres. Ainsi : CHAQUE
» HOMME SUBSISTE D'ÉCHANGES OU DEVIENT UNE
» ESPÈCE DE MARCHAND, ET LA SOCIÉTÉ ELLE-
» MÊME EST PROPREMENT UNE SOCIÉTÉ COMMER-
» ÇANTE... Le travail est la mesure réelle de
» la valeur échangeable. Le prix réel de chaque
» chose, ce que chaque chose COUTE RÉELLE-
» MENT à celui qui veut se le procurer, c'est le
» TRAVAIL qu'il doit S'IMPOSER POUR L'OBTENIR...
« Ce qu'on achète avec de l'argent, des mar-
» chandises ou tout autre produit matériel ou

» immatériel), est acheté par du TRAVAIL (ma-
» tériel ou immatériel), AUSSI BIEN QUE CE QUE
» NOUS ACQUÉRONS A LA SUEUR DE NOTRE FRONT.
» Cet argent, ces marchandises (ces services
» matériels ou immatériels) nous épargnent par
» le fait cette fatigue. Elles CONTIENNENT UNE
« CERTAINE QUANTITÉ DE TRAVAIL, QUE NOUS
» ÉCHANGEONS POUR CE QUI EST CENSÉ CONTENIR
» LA VALEUR D'UNE QUANTITÉ ÉGALE EN TRA-
» VAIL... Le travail a été le premier prix, la
» monnaie payée pour l'achat primitif de toutes
» choses. Ce n'est point avec de l'or ou de l'ar-
» gent, c'est avec du travail que toutes les ri-
» chesses de ce monde ont été achetées origi-
» nairement, et leur valeur pour ceux qui les
» possèdent et qui cherchent à les échanger
» contre de nouvelles productions, est précisé-
» ment la quantité de travail qu'elles mettent
» en état de commander ou d'acheter.

X.

Cela posé, considérons le programme du libre-échange. Il est séduisant, j'en conviens, et présente tout ce qu'il faut pour rallier les égoïstes et les gens de cœur.

Que veut-il ? — Le bonheur du genre humain.

Comment s'y prendra t-il pour faire naître ce bonheur ? — Par l'*ample consommation de toutes choses procurant l'aisance et le bien être des populations !*

Mais les populations qui ont assez de bon sens pour savoir qu'on ne peut *amplement consommer* sans avoir *amplement travaillé,* craignent de perdre leur travail ? — Qu'à cela ne tienne, le libre-échange doit favoriser et développer le travail par la concurrence.

Mais la concurrence peut tuer l'industrie française si elle n'est pas la plus forte, et si l'industrie nationale succombe, le travail disparaîtra ? — L'industrie nationale est la plus forte.

Mais les industriels qui ne font pas de théories, et qui ont la faiblesse de se croire plus capables que les meilleurs économistes pour diriger leurs propres affaires, nient formellement une pareille assertion, ils se savent les plus faibles ? — Ce sont des gens sans *courage*, sans *patriotisme*, des *agitateurs*, et puis ils ne représentent que la *minorité*, et le libre-échange n'est venu en France que pour satisfaire la *majorité*.

Mais Adam Smith et son école prétendent que dans une société « chaque homme subsiste » d'échanges ou devient une espèce de mar- » chand, » et que « la société elle-même est pro-

» ment une société commerçante. » Cette minorité est donc égale à la majorité ; cela est
prouvé par le bon sens et la réflexion ? — Le
libre-échange ne prétend pas le contraire. En
France, il existe au moins quelques industries
produisant au même prix que les industries
étrangères ; le libre-échange demande cet aveu.

Certainement il y a une ou plusieurs industries qui produisent actuellement à un prix égal
ou inférieur à ceux des industries similaires
étrangères; mais résisteront-elles au moment de
la concurrence ? et puis n'y aura-t-il pas plus de
230 industries principales qui ne résisteront pas
et succomberont, entraînant dans leur chute les
innombrables industries secondaires qu'elles
font vivre ?— C'est un malheur; le libre-échange
s'inquiète peu des souffrances qu'il fera naître,
puisqu'il rendra les populations plus heureuses
après un *court moment de transition*. La prohibition l'a accusé de charlatanisme ; or, qui ne sait

que la prohibition se base sur la balance du commerce, et la balance du commerce est *absurde*, la science des libre-échangistes l'a décidé.

Le moyen de rendre les populations heureuses après une transition de misère est bien simple : 1° Les deux ou trois industries qui résisteront à la concurrence étrangère se développeront au point de donner au pays un accroissement de travail plus considérable qu'il n'existait au moment de la prohibition ; 2° les autres industries qui auront succombé ne vendront plus leurs produits à des prix élevés, l'industrie étrangère fournira les produits similaires à plus bas prix. — C'est ainsi que sera réalisé pour les populations un progrès immense ; d'un côté, travail plus abondant ; de l'autre, vie à bon marché par les bas prix de la concurrence étrangère.

Les prohibitionnistes ne croient pas à l'infail-

libilité de ces deux promesses, les libre-échangistes trouvent les prohibitionnistes *absurdes ;*
ceux-ci persistent dans leur incrédulité et ne
pensent pas qu'à leur peu de bon sens, le bon
sens de leurs adversaires supplée assez pour
les mettre en état de comprendre la *révolution
économique.*

Cependant il faut tenir compte des promesses
du libre-échange et rechercher si elles peuvent
se réaliser, car il serait en effet bien absurde
de refuser le *bonheur*; mais si ces promesses ne
se réalisent pas, le libre-échange, sacrifiant
près de deux cent trente industries principales
et les industries secondaires qui en vivent, ne
sera-t-il pas la plus cruelle des mystifications?

XI.

Parmi les moyens dont dispose l'activité d'un peuple pour produire la richesse, l'industrie manufacturière, par le nombre et la variété des ressources qu'elle offre au travail, est sans contredit celui qui mérite le plus de fixer l'attention des gouvernements. Le travail s'y accroit en raison de la production — la production se développe par les débouchés — les débouchés sont plus ou moins étendus, selon le besoin que les nationaux et les étrangers se font de ses produits et surtout selon les facilités que possèdent les masses de les consommer.

Lorsqu'on veut étudier l'avenir du travail,

rechercher ses chances d'existence ou de développement dans une industrie, il est indispensable de connaître l'importance du débouché
réservé à ses produits. — Il y a deux genres de
débouchés ou de consommation, et par conséquent deux sortes d'industries dans lesquelles
le travail est soumis à des chances diverses.

Les industries de goût, de luxe, etc., etc.....
produisent pour les besoins de la *petite consommation ;* leurs débouchés sont restreints, parce
que leurs consommateurs, par leur fortune, leurs
besoins de luxe, leurs caprices, sont peu nombreux. Quoique le travail mis en œuvre par
elles ne puisse être régulier, et que même il
puisse disparaître complètement, la fortune, le
goût, le luxe, le caprice, étant changeants de
leur nature, il acquerrait peut-être un certain
développement, mais il ne serait pas plus prudent d'y compter qu'il ne serait sage de compter
sur le maintien du travail lui-même.

Les industries de *grande consommation* produisent pour la masse des consommateurs,
pour les riches comme pour les pauvres. Contrairement aux autres industries qui pourvoient
à des besoins souvent imaginaires, elles se sont
créées pour satisfaire des besoins *réels, cons-
tants*. La nécessité de consommer leurs produits, leur bon marché, leur garantiront toujours des débouchés certains. Le développement
du travail dans ces industries sera donc un développement de travail assuré (1).

Le libre-échange a été bien accueilli en

---

(1) La différence qui existe dans le travail de ces deux
genres d'industries est indiquée par des faits. Le travail est
tellement incertain dans les industries de *petite consommation*, qu'il n'y a pas une seule d'entre elles qui puisse
rivaliser par son capital, son matériel, son personnel, etc.
avec la plus petite des industries de *grande consommation*.

France. — La valeur de ses promesses n'a sans doute pas peu contribué à son facile succès.

Ce que le travail, dit-il, aura perdu par la chute des industries qui ne soutiendront pas la concurrence étrangère sera compensé, et au-delà, par l'augmentation de travail dû au développement des industries qui auront résisté.

Il y a bien des raisons pour que cette première promesse soit impossible à réaliser.

Les industries qu'il espère voir résister à la concurrence étrangère seront-elles celles qui, avant la lutte, auront produit aux mêmes prix que leurs similaires étrangères? Evidemment non; il n'y aura de lutte couronnée d'un succès, non pas assuré, mais seulement incertain, que parmi les industries qui auront produit à *plus bas prix*, et je ne pense pas rencontrer, je ne dis pas un économiste, mais un libre-échangiste assez tenace dans ses opinions pour soutenir le contraire.

Supposons d'abord quelques unes de nos industries produisant au même prix que l'étran ·
ger, et voyons si le travail s'y développera
au point de compenser le travail détruit par la
concurrence.

Cette compensation promise se trouvera-t-elle
dans les industries de *grande* ou dans celles de
petite consommation ?

La majorité des partisans du libre-échange
nous a promis l'accroissement du travail destiné à compenser le travail perdu dans le développement de production des industries de
goût, de luxe, etc .. Il faut l'avouer, la bonne
volonté ne doit pas faire défaut à ceux qui se
laissent séduire par une telle promesse. Il n'est
pas sage de sacrifier des industries de *grande
consommation* à la concurrence, avec l'espoir de
retrouver le travail qu'elles mettent en œuvre,
par le développement de production ou de
travail des industries de *petite consommation*,

dans lesquelles, encore une fois, le travail actuel n'est même pas assuré du lendemain. Echanger le certain contre l'incertain a toujours été, dans tous les temps et dans tous les pays, un marché de dupe, et c'est mystifier un peuple que de lui proposer de faire son bonheur en se basant, non pas sur des espérances, non pas sur des probabilités, mais sur des incertitudes?

Accordons que les industries dans lesquelles le libre-échange a placé ses espérances soient des industries de *grande consommation*. — Leur production augmentera-t-elle au point de compenser le travail perdu? — Il est difficile de le croire. — Sur le marché intérieur le débouché sera ce qu'il était avant la concurrence, la production ne se développera pas; sur le marché extérieur il sera nul, parce que l'industrie étrangère ne venant pas nous faire concurrence, puisque nous produirons à aussi bas prix qu'elle, il est logique de conclure

que par le même motif nous n'irons pas lui
faire concurrence chez elle.

Impuissantes à développer leur production
pour le marché intérieur et les marchés exté-
rieurs, ces industries, dont les prix sont égaux
à ceux de leurs similaires étrangères , auront-
elles au moins la certitude de pouvoir résister à
la concurrence ? — Ceux qui manquent de pratique n'hésitent pas à l'affirmer ; mais à bien
envisager la situation qui leur est faite , la lutte
doit infailliblement tourner à leur désavantage.
— Pour résister à la concurrence, il leur faudrait
remplir une condition impossible, — elles devraient baisser leurs prix de toute la valeur pour
laquelle ont participé dans ces prix les travaux
mis en œuvre par les industries nationales, dont
les prix élevés causeront la chute (1).

(1) « Quand on considère les travaux qui produisent
« les richesses, ceux qui les font circuler, ceux qui main-

La nécessité pour elles de produire à plus
bas prix que les industries similaires concurrentes est bien facile à concevoir ; car si elles
sont arrivées à produire à l'égalité du prix de
leur concurrentes, elles le doivent à la présence
des industries nationales à prix élevés. Ces
dernières détruites, leurs prix, auparavant égaux
à ceux des industries similaires étrangères, de-
viendront plus élevés ; à l'abri de la concurrence
étrangère par l'égalité de prix, elles succomberont aussitôt que, par la chute des industries nationales, leurs prix s'élèveront, et que l'égalité
du prix ne les protégera plus.

» tiennent l'ordre propre à les conserver et à les mul-
» tiplier, on voit qu'ils sont tous nécessaires, et il serait
» difficile de dire quel est le plus utile. Ne le sont-ils pas
» tous également, PUISQUE TOUS ONT BESOIN LES UNS DES
» AUTRES. En effet, quel est celui qu'on pourrait retran-
» cher ? » (CONDILLAC. — *Commerce et gouvernement.* —
Par quels travaux les richesses se produisent.)

Pour résister à la concurrence, elles devraient pouvoir baisser leurs prix de toute la valeur des travaux mis en œuvre par les industries nationales qui auront succombé; mais malheureusement ces prix hausseront de toute la valeur du travail anéanti (1).

Les libre-échangistes nieront-ils qu'il en sera ainsi? Mais ignorent-ils donc *comment s'est organisée l'industrie dans un pays* ? ignorent ils *comment se vendent et se paient les produits ?*

Comment l'industrie s'est-elle organisée ? — « La » division du travail, dit Adam Smith, une fois » généralement adoptée, chaque individu né » produit plus par son travail que de quoi satisfaire une bien petite partie de ses besoins.

---

(1) Voir Note 3.

13

» La plus grande partie ne pourra être satis-
» faite que par l'échange du surplus de ce pro-
» duit, qui excède sa consommation, contre un
» pareil surplus du travail des autres. »

Ainsi chaque individu, auparavant obligé de
produire lui-même tout ce qui était nécessaire à
son existence, n'agira plus de même dès qu'il
se trouvera réuni en société. — Après avoir remarqué que tous les objets indispensables à
son existence le sont aussi à l'existence de ses
semblables, après avoir observé que s'il parta-
geait avec ses voisins le travail de production
de tous ces objets indispensables à la société
chaque individu arriverait à en produire un seul
plus abondamment et plus vite , il s'adon-
nera à une production unique. C'est cette première division du travail de la société qui a
donné naissance à l'industrie.

Plus tard, la société devenant plus nombreuse
par l'accroissement de la population, l'individu

qui se sera adonné à produire un seul objet pour la consommation commune, ne pourra plus le produire en quantité suffisante.

Instruit, par une première expérience, des avantages qu'il peut retirer de la division du travail, il y aura de nouveau recours. De même qu'auparavant il a divisé entre tous les membres de la société dont il fait partie la production de chacun des objets indispensables à cette société, de même il arrivera à diviser aussi le travail qu'il a entrepris et qui cousiste à produire un seul de ces objets pour lui et pour tous. En appelant les nouveaux venus à concourir à ce travail, qu'il exécute seul, il produira davantage et plus promptement. — Cette nouvelle division ne s'opérera pas seulement dans son travail matériel; il ne se bornera pas à inviter les nouveaux venus, l'accroissement de la population, à partager son travail matériel, car il aura encore besoin du travail immatériel de la *puis-*

sance souveraine pour le défendre, du travail immatériel du législateur pour lui assurer ses droits, du travail immatériel du savant pour lui indiquer de nouvelles découvertes, etc., etc.

Lorsqu'on examine l'industrie, il faut en effet la considérer bien superficiellement, pour ne pas être effrayé de l'immense quantité de travail *matériel ou immatériel* qu'un seul homme, que l'industriel met en œuvre et paie quand il s'adonne à la fabrication d'un produit (1)

Comment se vend et se paie un produit?

Comment se vend un produit? Dans l'origine, lorsque l'individu avait produit une certaine quantité d'un seul objet, comme cette quantité ne pouvait être consommée que par la société dont il faisait partie, et que l'objet qu'il avait produit n'était pas le seul qui

---

(1) Voir Note 4.

fût indispensable à son existence, il en
gardait une partie et échangeait le surplus
contre les différents objets résultant de la
production de ses voisins. Plus tard,
lorsque pour produire plus abondamment et
plus vite il appela à lui ses semblables et leur
confia une partie du travail qu'il exécutait seul,
il fut obligé de donner une rémunération à
chacun de ces auxiliaires de sa production. Il
lui fallut prélever sur sa production une quantité plus grande que celle qu'il se réservait lorsqu'il produisait seul, il lui fallut donc prélever
la quantité qu'il réservait à son usage, augmentée de celles qu'il donnerait à ceux dont il met-
tait en œuvre le travail. Chacun de ces derniers,
payé de son travail par une certaine quantité de
l'objet qu'il avait concouru à produire, en pré-
levait aussi une partie et échangeait le surplus
contre tous les autres objets à la production
desquels il n'avait pas contribué.

Voilà comment les choses ont dû se passer et comment, suivant la définition en tous points vraie d'Adam Smith, « tout homme subsistait » d'échanges et la société était proprement une » société commerçante. »

Sans remonter à l'origine de la monnaie et aux causes de son emploi, constatons que la monnaie existe, et sa présence, si l'on veut bien s'en rendre compte, n'a rien changé à la nature des échanges qui se font entre nous tous. Que l'échange se fasse avec de l'argent, des marchandises ou des produits immatériels, ce sera toujours l'échange d'un travail contre un autre travail.

Aujourd'hui qu'il possède la monnaie, l'industriel agira-t-il différemment dans la rémunération des travaux *matériels ou immatériels* qui concourent à sa fabrication ? — Evidemment non, il aura seulement une plus grande facilité d'échanger son travail, de le vendre, de rémunérer celui de chacun de ses auxiliaires.

Comment vendra-t-il son travail et celui de ses auxiliaires? comment donnera-t-il une estimation, une valeur, à cet objet qu'ils auront produit ensemble? En résumant dans le prix qu'il demandera , le prix de son travail et les différents prix qu'il aura payés.

Dans *les parties constituantes* du prix, Adam Smith ne comprend que le *salaire,* le *fermage* ou la *rente* et le *profit*; mais il en existe encore d'autres, telles que l'impôt , les assurances, l'amortissement, le travail d'inspection , les frais de bureau , etc. etc. , tous ces frais plus ou moins nombreux ou différents dans une industrie que peut seul connaître l'industriel qui la représente , et que trop souvent même il ne connaît pas assez. Les *frais généraux* sont des parties constituantes du prix, parce que le prix doit les payer (1).

---

[1] Voir Note 5.

Le prix demandé par l'industriel pour le produit qu'il aura fabriqué, sera la réunion du prix de son travail personnel et des prix des différents travaux mis en œuvre par lui.

Mais comment se règleront les prix de ces différents travaux ? — Tout individu travaille d'abord pour vivre, puis pour rendre son existence plus heureuse. Il ne peut vivre que s'il consomme les objets nécessaires à sa vie, il n'a de bonheur que s'il consomme tous les objets dont l'usage constituera son bien-être. S'il vend son travail pour de l'argent, il faudra que cet argent, que ce prix de son travail représente pour lui le pouvoir de consommer tous les objets nécessaires à sa vie matérielle et sociale, tous les objets utiles à son bien-être. Le prix qu'il demandera pour son travail sera l'ensemble des prix des différents objets qu'il voudra consommer.

Mais encore, comment se règleront les prix de

ces différents objets qu'il voudra consommer ?
Ces objets sont de deux sortes : les uns *indispensables* à sa vie matérielle et sociale, les autres
utiles à son bien-être. Les prix de ces derniers,
de même que le prix de l'objet qu'il aura contribué à produire, se régleront sur les prix des
premiers. Les prix des objets les plus indispensables se régleront les uns par leur rareté et leur
abondance naturelles, tels que le prix du blé,
etc. (1); les autres par la société elle-même,

(1) Le prix du blé, ainsi que le disent certains économistes, est bien réglé par l'ensemble des prix des travaux qui
auront concouru à le produire. Mais comment se régleront
les prix des travaux qui auront produit le blé ? Par le prix
du blé. Comment sortir alors de la définition du prix, si
l'on n'admet pas que le travail, bien qu'étant la cause de la
production du blé, n'en est pas la seule, qu'il existe pour
ce produit une cause déterminante de son prix, dans sa
rareté ou dans son abondance naturelles, dans sa rareté
ou son abondance relatives par l'effet d'un surcroit de population.

Le prix de l'impôt se réglera aussi par les travaux imma-

tels que le prix de l'impôt, etc..... Ces prix qui
se régleront par la nature ou par la société ,
subiront en outre l'influence des institutions
de son pays, institutions qui, dans toutes les nations, se sont développées si différemment et
à des degrès si divers , suivant leur génie politique, industriel, commercial, et qu'il serait
tout aussi imprudent de vouloir brutalement
réformer , qu'il serait insensé de tenter
de détruire les caractères distinctifs des nations (1).

---

tériels que cet impôt doit payer, mais plus encore par la volonté du souverain , ou par la société elle-même. Quel
avantage pour l'individu, s'il pouvait régler le prix du blé
par son travail ; quel avantage encore, si , ne pouvant
régler par son travail le prix de l'objet indispensable
à sa vie matérielle , il pouvait du moins régler le prix de
l'objet indispensable à sa vie sociale , en remettant à la
société dont il fait partie le droit de fixer elle-même le
prix de ces objets, la valeur de l'impôt !

[1] Note 6.

Le prix des objets de consommation , par
conséquent le prix du travail d'un individu, et
par suite le *prix de revient* d'un produit quelconque, est donc le résultat (variable par le fait
de la nature et de la société) du prix des objets
indispensables à la vie matérielle et sociale de
l'individu, prix subissant en outre l'influence
des institutions et de l'état de progrès d'un
pays (1).

En résumé, le *prix de revient* d'un produit n'est
qu'une expression particulière à chaque pays
indiquant la part pour laquelle ce produit entre
dans la production totale de ce pays , la part
pour laquelle le travail qui a fourni ce produit
figure dans le travail total de la société.

Comment se paie un produit ? — Si chaque individu vend un objet ou sa part contributive de

[1] Note 7.

travail dans la formation de cet objet pour se
procurer tous les produits indispensables à sa
vie matérielle et sociale, ou utiles à son bien
être, il est évident qu'un produit *sera payé* par
un prix dont les parties se composeront de ce
que chacun de ces producteurs devenus consommateurs aura distrait du prix de son travail. Toutes ces parties de prix provenant de
différents travaux, et dont l'ensemle constituera
le prix destiné à payer un produit, seront plus
nombreuses et plus variées dans leurs espèces, chacune d'elles sera plus grande, selon
que le produit qu'elles contribueront à payer
sera plus indispensable ou plus utile à la société, selon que la consommation en sera plus
répandue.

Le *prix de vente* est donc l'expression de la
quantité et de la variété des travaux mis en
œuvre dans un pays.

Puisque le *prix de revient* est *l'expression par-*
ticulière à un pays désignant la part de travail pour
laquelle un produit figure dans le travail total de la
société, puisque *le prix de vente* qui paie ce produit est l'*expression de la quantité et de la variété*
des travaux mis en œuvre dans un pays, il est facile
de prévoir que, dès que la concurrence aura
détruit en France les industries à prix élevés,
le *prix de revient* de chaque produit augmentera,
tandis que son *prix de vente* diminuera. Le *prix*
de revient d'un produit augmentera, parce que
la quantité de travail qu'un produit représen-
tera restant invariable, l'expression de la part
de travail pour laquelle il figurera dans le travail
total du pays amoindri, sera plus grande. —
Le *prix de vente* d'un produit diminuera, parce
que ses *parties constituantes* seront moins grandes
en quantité et moins nombreuses en variété. Le
prix de revient augmentera donc de toute la *va-*
leur que chacune de ces parties constituantes

provenant des industries qui auront succombé, avaient contribué à lui donner.

C'est ainsi que les industries qui avant la concurrence produisaient en France à un prix *égal* à celui des industries similaires étrangères, après la chute des industries nationales à prix *élevé*, produiront forcément à un *prix de revient* plus élevé, et succomberont parce que le *prix de vente* qu'elles devraient pouvoir élever en proportion pour continuer à vivre, s'abaissera au contraire par le fait de la chûte des industries à prix élevés et de la concurrence étrangère (1).

---

(1) Ceux qui ont attaqué si injustement la prohibition ne se sont sans doute jamais dit que lorsqu'une industrie était sacrifiée à la concurrence étrangère, une crise se produisait en France, élevant le prix de revient des autres industries, et que sans la prohibition qui leur assurait un *prix de vente* plus *élevé*, elles auraient succombé. — Quelques libre-échangistes avouent bien *que nous allons trop vite en besogne.* Si le libre-échange est un bon système, il semble pourtant qu'on ne saurait trop vite et trop

Il y a quelques industries nationales dont les prix de revient sont inférieurs à ceux des industries similaires étrangères , et c'est sans doute chez elles que les libre - échangistes comptent rencontrer le développement du travail. Une pareille illusion se comprendrait , si pour la plupart d'entr'elles il s'agissait de

---

complètement l'adopter.-- On parle d'une protection suffisante pour les industries trop faibles; mais qu'est-ce donc que cette protection suffisante pour éloigner toute concurrence de l'étranger , sinon la prohibition déguisée sous le nom de protection ? Si cette protection est trop faible pour éloigner la concurrence , qu'est-ce donc, sinon le libre-échange? Croit-on à la *possibilité* d'une protection équitable, *balançant* les *prix de revient* de l'industrie nationale et de l'industrie étrangère ? Elle n'existe pas , et ne peut pas exister. Deux pays ont-ils une parfaite similitude d'institutions, sont-ils soumis aux variations heureuses ou malheureuses auxquelles sont sujettes toutes les nations , variations qui se traduisent en élévation ou en abaissement de prix de revient? Quel est l'industriel qui voudrait garantir que la protection suffisante à son industrie *aujourd'hui*, ne sera ni trop grande ni trop faible *demain.*

développer leur travail plutôt que de résister
à la lutte. Elles subiront dans leurs prix de revient les élévations successives que feront
naître les chûtes des industries à prix élevés,
puis celles des industries qui produisaient à l'é-
galité des prix de l'étranger.— Les unes ne produiront plus qu'à l'égalité des prix de leurs rivales et succomberont ; les autres, malgré des
hausses successives, conserveront peut-être encore leur infériorité de prix.Ces dernières seules
pourront résister à la concurrence. Or , parmi
nos industries à bas prix, en est-il qui puissent
se flatter de conserver vis-à-vis de leurs concurrentes leur infériorité de prix de revient,
malgré la chûte de toutes les autres industries nationales ? Et s'il en existe , quelles
sont-elles ? Les libre-échangistes ne nous les
indiqueront assurément pas , parce qu'il est
matériellement impossible de calculer les ac-
croissements successifs que dans un pays

la chute de chaque industrie doit amener dans les prix de revient de celle qui produit au plus bas prix.

Le libre-échange, peut-on le nier, allié à son esprit d'aventure un grand fonds de naïveté. — Il reconnaît dans le maintien de l'industrie une question du plus grand intérêt général. Peut-il en être autrement? Par l'industrie, en effet, l'individu arrive à la fortune, — les populations conquièrent leur bien-être, — la nation acquiert sa force. Aussi propose-t-il, dans l'intérêt de l'industrie, de renverser le système prohibitif auquel nous devons la force de notre pays, le bien-être général, l'accroissement des capitaux, pour le remplacer par un système nouveau, destiné à la consolider et à la développer mieux que ne l'a fait la prohibition. — Assuré, par des traités, de la réciprocité des autres nations, il ouvre le marché national à la concur rence, sacrifie les industries nationales à prix élevés et prétend ainsi obtenir, non pas seulement la compensation du travail perdu (car quelle serait l'utilité d'un changement ruineux dans ses commencements pour arriver au même résultat), mais encore provoquer l'extension du travail.

L'observation, la pratique, viennent-elles demander l'explication des moyens qu'il compte employer pour réaliser ses promesses, aussitôt son impuissance frappe tous les yeux.

Il parle de maintenir et de développer l'industrie, et ne paraît pas se douter qu'il n'y a pas d'industrie possible sans industriel, que l'industriel cesse son travail dès qu'il n'y trouve plus un profit.

Il prétend que le profit diminué par la concurrence ne disparaîtra pas. —Comment celà se fera-t-il ? Il l'ignore, mais s'en rapporte volontiers à l'intelligence des industriels qu'il a trouvés trop peu intelligents pour les faire juges de l'opportunité d'adopter ou non son système.

Afin de rassurer la nation, à juste titre effrayée, il met en avant les industries que l'égalité ou l'infériorité du prix semble au premier abord garantir contre la concurrence, et ne voit pas qu'il est en flagrante contradiction avec l'économie politique, telle qu'il lui plaît de nous l'enseigner. A quoi devait-on cet abaissement journalier de prix, que chacun a pu remarquer en d'autres temps, dans les produits de grande consommation ? A la division du travail. — Que représente la division du travail ? La quantité toujours croissante d'industries nouvelles qui se créent dans un pays produisant d'abord à des prix élevés, puis successivement à des prix moindres, dès qu'elles-mêmes commencent à ressentir les effets de nouvelles divisions dans le tra-

vail national. Détruire les industries à prix
élevés n'est-ce pas défaire le progrès, n'est-ce
pas faire retrograder l'industrie et la détruire ?

Il fait étalage de sa sympathie pour les classes laborieuses et oublie que le travail est le
seul moyen dont l'ouvrier dispose pour obtenir
son bien-être ; il ne peut garantir, même en
théorie, l'existence du travail dans une seule
industrie.

Il promet le bon marché, et sa naiveté fait
consister le bon marché dans le chiffre plus
ou moins élevé auquel se vend un produit ;
il ne se souvient pas qu'il y a deux prix :
le prix de revient et le prix de vente, que la
différence entre le revient et la vente constitue le *profit* de l'industriel, la *rente* du capitaliste, le *salaire* de l'ouvrier.

Il attaque la prohibition au nom de la
science — la science libre-échangiste ! qui
ne sait même pas que le prix de vente est un

composé , une réunion d'une infinité de prix
de revient et que toute question complexe ,
comme le prix de vente , demande à être étu-
diée dans chacune de ses parties , — dans
le prix de revient. — Que défendait donc la
prohibition ?

Pour comble de dérision il se présente au
nom de la liberté. — A-t-il si vite oublié ses
premiers succès en France ?

XII.

Prodigue en fait de promesses, le libre-échange nous fait espérer la vie à bon marché par l'abaissement du prix de vente. L'abaissement du prix de vente se manifestera, personne ne le nie, et c'est ce qui aura causé la chute de l'industrie; mais le chiffre moins élevé auquel se vendra un produit constituera-t-il le bon marché, *l'ample consommation de toutes choses procurant l'aisance et le bien-être des populations?*

Tout économiste protestera ici contre une ridicule confusion de mots. Le bon marché est dans *le bon prix de vente* pour celui qui *vend,* et non pas pour celui qui *achète* : c'est, au point de vue économique , la combinaison de l'abaissement du prix de revient et l'élévation du prix de vente. Il est peut-être une autre sorte de bon marché que rêve le libre-échange ; car les moyens proposés par lui sont opposés à ceux employés jusqu'à ce jour. Par la chute des industries nationales , il élèvera le prix de revient de tout travail ; par la concurrence, il en abaissera le prix de vente. Qu'il prévoie du moins les effets ressentis par le bon marché dans cette lutte à outrance entre le prix de re- vient français et le prix de revient étranger.

L'étranger chaque jour abaissera naturelle· ment son prix de revient, parce que le débou- ché s'agrandissant chaque jour pour lui , la division du travail s'étendra dans son industrie, et que le résultat de la division du travail est d'abaisser le prix de revient.

Les industriels français pour lesquels le

marché national se restreindra en raison des progrès de l'étranger, verront se réduire la division du travail national, et produiront chaque jour naturellement à un prix plus élevé.

Cependant ces derniers ayant la totalité ou du moins la plus grande partie de leur fortune engagée dans leurs industries, lutteront pour la conserver ou au moins en sauver les débris. — Ils adopteront tous les moyens de production employés par leurs rivaux, et par des réductions successives dans les parties constituantes du prix de revient, s'appliqueront à atteindre un prix de vente égal à celui de leurs concurrents.

Les principales parties constituantes du prix de revient sur lesquelles l'industriel peut faire porter des réductions sont le *salaire*, la *rente*, le *profit* (les impôts, les patentes, les institutions de leur pays étant et devant être, pour le grand bien de tous, au dessus de l'influence d'une classe particulière de la société).

Il devra donc réduire le salaire, la rente, le profit qui concourent à former le prix de revient de son produit, successivement à leurs plus extrêmes limites. Bien qu'étant arrivé par des réductions successives et pour la plus grande misère de tous à une diminution de son prix de revient, il ne pourra néanmoins, par l'effet des institutions de son pays, le diminuer suffisamment pour soutenir la concurrence, et succombera.

C'est au milieu des désastres de chaque industriel, qui sembleront être des désastres individuels, qu'il faut considérer la valeur de la promesse du bon marché.

Les débris du capital de l'industriel qui aura succombé, le capital *circulant* qu'il empruntait moyennant *intérêt* pour travailler, l'ouvrier obligé de chômer, ne resteront pas inactifs, il leur faudra *travailler*, car avec quoi *industriels, rentiers* et *ouvriers* paieraient-ils les bas prix des

produits étrangers? Se reporteront-ils sur une autre industrie? mais celle-ci engagée dans la lutte,
et résistant plus longtemps à la concurrence,
sera aussi en voie de baisser le *capital immo-
bilisé*, le *capital circulant* et le *salaire*. Les capitaux et les salaires de l'industrie qui aura
succombé venant prendre part au travail de
cette industrie encore debout, produiront sur
les rentiers et les ouvriers les effets de la concurrence intérieure, la faible rémunération du
travail, cette misère causée aujourd'hui par
l'ignorance et demain par la force des choses,
misère que les économistes honnêtes ont cher-
ché à éloigner des populations.

A mesure que la concurrence étrangère fera
sentir ses effets désastreux, à mesure que des
chutes successives annonceront le progrès de
l'*invasion* des produits étrangers, si l'on vient à
considérer l'immense surcroît de *capitaux* de
toute nature et de *main-d'œuvre* refoulés dans

le travail des quelques industries qui résisteront les dernières, il y aura une réduction effrayante dans le *profit*, la *rente*, le *salaire*.

Et comme si dans une question aussi grosse de malheurs il ne suffisait pas de mystifier l'industrie et ceux dont l'existence en dépend, d'autres libre-échangistes, car il y en a de tous les systèmes, mystifient le commerce, l'agriculture, le gouvernement, en un mot, la société tout entière. Si l'industrie succombe, il faut en prendre son parti ; les libre-échangistes ne verront-ils pas dans sa chute *une preuve de plus que sa vie était factice !* Si l'on n'a pas la *vie à bon marché*, n'aura-t-on pas du moins la satisfaction de faire *triompher un principe de justice !* Mais ne sera-ce pas plutôt le principe d'égalité dans le malheur ?

Le surcroît de *capitaux immobilisés* — de *capitaux circulants* — de *main-d'œuvre* — reportés dans les industries qui auront soutenu

les dernières la concurrence, ne trouvant pas
le *profit* — la *rente* — le *salaire* — suffisants
pour consommer les produits à bas prix de
l'étranger, se rejetteront-ils sur le commerce ?

Mais le commerce n'est que l'intermédiaire
entre la production et la consommation. Lorsque l'*ample consommation* sera au contraire,
par le fait de l'inactivité des *capitaux* et de la
main-d'œuvre trop abondante dans l'industrie,
une consommation restreinte, il est évident
que le commerce sera réduit. Le travail commercial réduit, il y aura déjà dans le commerce surcroît de capital et de main-d'œuvre ; que viendra donc y faire ce renfort de
capitaux et de main-d'œuvre inactifs provenant de l'industrie ? La quantité de travail
n'augmentera pas, parce qu'il y aura plus
grande demande de travail ; la concurrence se
manifestera dans le travail commercial ; de là,
nouvelle réduction dans le profit — l'intérêt —

le salaire déjà dimimiués dans le commerce par
la chute de l'industrie. Les uns, les plus heureux,
condamnés aux profits , à l'intérêt, aux salaires
les plus faibles, seront-ils arrivés à la vie à bon
marché ; les autres, inactifs, resteront-ils inactifs ? La mort, la misère ou le désordre
voilà l'avenir de ceux qui ne travaillent pas,
de ceux qui ne *produisent* pas l'équivalent de
ce qu'ils *consomment.*

Les peuples sont frères, les capitaux n'ont
pas de préjugés ! les capitaux iront à l'étranger.
Cela est vrai, ils contribueront à la prospérité
des pays dans lesquels ils trouveront à s'employer. Mais alors il ne faut pas nous parler de
patriotisme ; le patriotisme français se changera
en amour pour les intérêts anglais, belges,
italiens, etc., etc., et en hostiltté contre les
intérêts français. Quelques personnes croient
avec raison que les capitaux français retireront
un grand avantage d'un pareil état de choses ;

mais au moins, par pudeur, qu'on ne donne plus
le nom de commerce français à cette série de
trahisons forcées contre la richesse nationale !
— Le capital commercial peut émigrer et
trouver un profit à l'étranger , mais l'ouvrier
devra-t-il s'expatrier aussi pour chercher son
salaire ?

Le surcroît de capitaux et de main-d'œuvre
inactifs dans le commerce et dans l'industrie
se rejetteront-ils dans l'agriculture? — Quelques libre-échangistes partisans du système
agricole l'espèrent. De toutes parts, on leur
répète que « les pays purement agricoles, sans
» commerce et sans industrie, n'ont dans les
» jours malheureux ni le secours des capitaux
» disponibles, ni les ressources et la hardiesse
» de l'esprit mercantile : on n'y sait que souf-
» frir et mourir (1). » Sourds à tous les avis ,

(1) Rossi. — De la population.

indifférents à toutes les plaintes, ils semblent
mettre leur ambition dans la chute de l'industrie ; ne doit-elle pas leur venir en aide et *rendre
à l'agriculture les bras qui lui manquent* ?

Un pareil aveu devrait pourtant donner à
songer aux moins clairvoyants et suffire à repousser le libre-échange — L'ouvrier des villes
a une famille, des amis, des habitudes ; il lui
faudra donc tout abandonner pour devenir
journalier ? De quel droit forcer un individu à
changer son travail contre un travail qu'il ne
connaît pas et pour lequel il n'est pas fait? De
quel droit lui faire perdre le fruit d'un long et
onéreux apprentissage? Dans quel but lui imposer une révolution dans ses habitudes?

*Pour rendre des bras à l'agriculture ! pour incul-
quer à l'ouvrier des villes les vertus du journalier !*
Prétextes ridicules contre lesquels se révoltent
tous les sentiments honnêtes. La morale commande de resserrer chez l'ouvrier les liens

de famille ; l'amour du foyer domestique est pour lui la plus puissante protection contre toutes les erreurs, et c'est pour *rendre des bras à l'agriculture* que le libre-échange propose de briser ses liens de famille ? L'humanité nous ordonne de respecter toutes les joies de nos sem- blables, d'éloigner d'eux toutes les misères mo- rales ou physiques, et c'est pour *donner aux ouvriers des villes les vertus* fort contestables *du campagnard,* qu'on leur imposerait les plus cruelles douleurs, qu'on exigerait d'eux le sa- crifice de leurs joies les plus nobles, les plus pures, leurs joies de famille ? — Le moyen est aussi monstrueux que le but qu'on se propose d'atteindre. N'est-ce pas par la chute de l'indus- trie que l'on y parviendra, et la chute de l'in- dustrie n'est-elle pas la misère des ouvriers des villes ? C'est donc sur leurs misères (nous sommes bien loin du bon marché) que le libre-échange spécule pour les ramener au travail des champs ?

15

Pitoyable calcul dans lequel l'égoïsme le plus inhumain le dispute à la plus grossière ignorance. Qui donc profitera de toutes ces misères ? Sera-ce le propriétaire foncier ? Mais les impôts déjà considérables mis sur sa terre augmenteront core, parce que le premier devoir d'un gouvernement est l'existence de la société qu'il dirige, et que l'industrie et le commerce n'existant plus pour alléger la charge commune, l'impôt devra retomber de tout son poids sur la propriété foncière. Le prix d'achat des terres augmentera, parce que les capitaux immobilisés et circulants auront besoin d'un *profit*, d'une *rente* : la concurrence qu'ils porteront dans l'achat des terres en augmentera la valeur, le fermage diminuera de toute la plus value que prendra l'impôt.

Les fonds publics hausseront-ils ? Quand donc les capitaux se sont-ils portés vers les fonds publics, dans les moments de crise ou de gêne ?

Du reste, avant de frapper la propriété foncière,
avant de lui faire supporter la réduction dans
le revenu des contributions de toute nature,
directes ou indirectes, que le *profit*, la *rente*, le
salaire, que tous ces travaux enfin, rémunérés
par le commerce et par l'industrie, acquittaient
et n'acquitteront plus, il faudra, par esprit de
justice, reporter une partie de cet impôt sur
les rentes. Et après avoir retiré des fonds
publics et de l'agriculture tout ce qu'il
pouvait retirer, il faudra bien qu'à son
tour l'Etat lui-même, malgré *ses ressources
inépuisables*, mette le *prix de revient* de son
travail immatériel en rapport avec son *prix de
vente*, c'est-à-dire qu'il établisse un budget en
équilibre avec son revenu : il lui faudra réduire
le nombre de ses fonctionnaires, diminuer les
traitements de ceux qu'il conservera.

Dans quelle situation sociale l'homme trou-
vera-t-il pour vivre la rémunération indispen-

sable à son travail? Dans quelle profession trou-
vera-t-il cette chimère que le libre-échange
appelle la vie à bon marché ? Je vois bien les
bas prix des produits étrangers, mais qui donc
pourra se flatter de les consommer *amplement ?*

Il y a un bon marché ruineux, les libre-
échangistes tiennent apparemment à nous
démontrer qu'en certaines occasions ils savent
aussi devenir praticiens ?

NOTES.

Les économistes ne pouvaient manquer de nous donner chacun leurs théories pour expliquer la crise de 1857. Ils auraient cependant pu rendre un plus grand service à leur pays. Au lieu de se livrer à de vaines recherches sur les causes du mal dont nous souffrions, un simple appel à leur mémoire ou à leur courage eût peut-être suffi pour en prévenir les effets. — Ils auraient pu rappeler aux gouvernants ces belles pages dans lesquelles un économiste célèbre du dernier règne signalait à la France les dangers que l'abus du crédit ferait courir à la morale et à la richesse publiques. Ecrites il y a plus de vingt ans, ces pages ne sauraient être trop méditées. Je les reproduis ici : le lecteur y trouvera l'explication de toutes les crises, peut-être y puisera-t-il aussi la conviction que certaines idées différentes de celles admises en 1854 pourraient encore produire les mêmes résultats.

« Qui ne sait, disait Rossi, que l'absence de règle, de
» mesure dans le crédit donné aux producteurs peut les
» engager dans les plus folles entreprises, exalter leur
» imagination, leur inspirer les goûts les plus dispendieux,
» leur faire oublier ces mœurs simples, ces habitudes
» dignes et modestes qui honorent le commerce et l'in-
» dustrie, et qui sont à la fois leur ornement et leur ga-
» rantie? Qui ne sait que des capitaux apparents et qu'on
» prend momentanément pour réels encombrent le mar-
» ché, aiguillonnent l'esprit d'entreprise, surexcitent le
» travail, élèvent brusquement le prix des salaires ainsi
» que le prix de toutes choses, et préparent aux avides et
» imprudents producteurs ces élévations rapides et ces
» chutes précipitées qui donnent au travail et à l'industrie
» tous les délires et toutes les angoisses du jeu? Enfin,
» faut-il rappeler que l'émission imprudente des billets
» expulse du marché national le numéraire, exagère les
» importations, ralentit les exportations et prépare les
» plus douloureuses catastrophes commerciales? L'Amé-
» rique du Nord a vu le prix annuel de l'argent s'élever
» jusqu'au taux monstrueux de 36 0/0, et le contre-coup
» qu'en a ressenti l'Angleterre a élevé l'escompte à 6, 8
» et 10 % dans le pays le plus richement pourvu de ca-
» pital disponible. . . . .
» . . . .

» Certes, après les crises financières qui ont plus d'une
» fois agité les deux mondes et que nous avons déjà rap-
» pelées à votre souvenir, il serait plus que superflu de

» faire ici une description détaillée des funestes résultats
» de la rivalité en pareille matière (rivalités des institu-
» tions de crédit). C'est la concurrence, c'est la lutte des
» banques qui a été une des principales causes de ces
» crises. Les crédits étaient légèrement accordés, le taux
» de l'escompte était abaissé outre mesure pour allécher
» les emprunteurs; on a pris pour bons les engagements
» les plus téméraires, encouragé les entreprises les plus
» hasardées, le tout pour attirer des clients, pour faire des
» affaires, pour multiplier les billets et grossir le montant
» des profits des banques.

» Il faut pourtant appeler les choses par leur nom; en
» jetant dans la circulation, des billets qui au lieu d'être
» garantis par des valeurs produites, ne l'étaient que par
» des valeurs qu'on se flattait de produire, on fabriquait
» de la fausse monnaie, on préparait du moins, et sur une
» vaste échelle, tous les maux, toutes les alarmes qu'en-
» fante l'émission de la fausse monnaie métallique.

» Ces saturnales de l'audace et de la cupidité ne sont
» pas, il est vrai, de longue durée, et le jour du réveil est
» terrible. — Ce n'est plus telle ou telle maison, tel ou
» tel particulier, c'est un pays tout entier qui se trouve en
» quelque sorte au-dessous de ses affaires et menacé de
» déconfiture. Les capitaux réels disponibles ont été, soit
» expulsés du pays par la masse du papier, soit engagés,
» aventurés dans des entreprises de longue haleine et d'un
» résultat incertain. Ces crises, vous le savez, on ne peut
» en sortir que par d'énormes sacrifices; il faut abandon-

» ner des entreprises mal commencées, il faut rappeler,
» par des ventes à bas prix, les moyens d'échanges métal-
» liques qu'on avait si imprudemment expulsés. — Tous
» les rapports ont été brusquement et profondément chan-
» gés par une altération arbitraire et capricieuse des prix ;
» des intérêts particuliers ont pu ainsi, par leurs luttes
» et leur rivalité, exercer sur la fortune générale un em-
» pire que nul gouvernement régulier n'oserait s'attribuer.

» Mais ce qui doit surtout préoccuper les amis de l'ordre
» et de l'humanité, ce que rien ne répare, ce sont les
» souffrances des travailleurs, victimes innocentes de ces
» crises financières, qu'il ne leur était donné ni de pré-
» voir ni de comprendre. Ce qu'on ne répare que difficile-
» ment, ce sont les brèches que ces luttes de la cupidité
» et de l'ignorance font à la morale publique en inspirant
» la passion des fortunes gigantesques et rapides, le dégoût
» du travail régulier, le mépris de l'accroissement lent et
» irréprochable du patrimoine de ses pères. »

(Chambres des pairs. — Rapport sur la Banque.)
22 juin 1840.

NOTE 2.

Les libre-échangistes croient et sont obligés de croire
que la *consommation règle la production ;* car sans ce
principe, qui est la base de leur système, où en seraient
leurs théories ? Ils reprochent aux prohibitionnistes partisans du principe opposé, les excès dans lesquels est tombé
le premier empire.

« A cette époque, on tenait surtout à proscrire les pro-
» duits exotiques, parce que l'Angleterre, au moyen de sa
» marine sans rivale, en avait le monopole presque ex-
» clusif. Pour en déshabituer les populations, on frappa
» de droits énormes ceux qui. n'étant pas de provenance
» anglaise, pouvaient être achetés impunémunt. Les sucres
» bruts, les cafés, furent taxés à 400 fr. le quintal mé-
» trique, le poivre à 600 fr., le cacao à 1,000 fr., la
» canelle à 2,000 fr., non compris les décimes de guerre.
» On en vint à vendre le sucre à peine blanchi, à 6 fr. le
» demi-kilo, les autres denrées coloniales en proportion, et,
» pour comble de disgrâce, la falsification de ces articles
» fut poussé jusqu'au dernier degré de l'impudence. — Le
» même régime fut appliqué aux matières premières in-
» dispensables à nos manufactures. — Les tarifs sur les
» cotons en laine furent élevés systématiquement à des
» chiffres impossibles de 440 à 880 fr. par quintal, sui-
» vant les provenances.

» On conseilla d'abord au public de remplacer le sucre
» par le miel ou des sirops de fruits, le café par de la
» chicorée torrifiée, l'indigo par la fécule de pastel, le
» quinquina par l'écorce de maronnier ; les journaux
» avaient mission de démontrer qu'en tout cela le patrio-
» tisme était d'accord avec l'hygiène.

» On recommanda un sirop de raisin dont Parmentier
» était l'inventeur, et une somme de 200,000 fr. fut pro-
» mise aux douze fabriques qui livreraient ce produit en
» plus grande abondance.

» Puis on se rappela que des chimistes de Berlin avaient
» extrait du sucre de la betterave, et on établit en 1812
» des écoles ayant pour programme la réalisation indus-
» trielle du procédé, etc., etc. » (*).

Les folies faites au nom d'un principe peuvent-elles porter atteinte à ce principe ? Quel est, en effet, le but de la
prohibition, et quelle est sa raison d'être ? Son but est de
défendre la production; sa raison d'être est dans son accord avec la loi naturelle, qui ne permet pas à l'individu
et au pays lui-même de consommer avant d'avoir produit.
— Elle défend la production, parce que sans la production
il n'y a pas de consommation possible, mais elle ne prétend pas qu'un pays doive produire lui-même tous les objets
indispensables à sa consommation, lorsque par sa situation
cette production est onéreuse ou impossible. — A-t-elle
jamais imposé à un individu l'obligation de produire lui-
même tous les objets qu'il consomme ? — Après avoir protégé la naissance du travail, favorisé son organisation;
après avoir, par la division du travail, établi entre tous les
intérêts d'un pays des liens tellement puissants, à ce point
que le plus petit intérêt en souffrance amène les plus
grandes perturbations dans une société, comment irait-elle,
par une choquante contradiction, détruire la division du
travail entre les nations? contradiction d'autant plus in-
compréhensible, que la division du travail qui doit exister

(*) Revue des Deux-Mondes. — 1er novembre 1861.

entre elles est indiqué par la nature elle-même. Elle n'a
jamais admis une pareille contradiction, parce que par suite
d'une telle erreur, un peuple en serait réduit à tenter, par
de grossiers artifices, à tromper la nature, à forcer, comme
sous le premier empire, un malade à consommer, *par patriotisme*, l'écorce de maronnier qui peut le tuer, et à lui
refuser, *par hygiène*, le quinquina, qui lui rendrait la
santé. — La prohibition destinée à défendre la production
ou le travail, n'a jamais méconnu que la consommation, ou
la jouissance provenant du travail, en est le plus puissant
stimulant ; loin de méconnaître cette influence, elle a toujours, en cela, d'accord avec tous les économistes, instam-
ment demandé les dégrèvements des droits, les réductions
d'impôts, les améliorations, les inventions appliquées au
travail, etc., etc... pour mettre les jouissances provenant du
travail à la portée du plus grand nombre, en fournissant
les moyens de les obtenir avec la moindre quantité de travail.

Sans méconnaître que la consommation, ou la jouissance
que l'individu et la société se procurent par le travail, ne
soit pour eux un puissant motif de travailler ou de produire, la prohition s'attache à défendre la production,
parce que sans le travail national, il n'y a pas de jouissances nationales, parce que sans la production nationale,
il n'y a pas de consommation possible pour une nation.
D'après elle, la *production règle la consommation*. Le libre-
échange pense différemment, il prétend que la *consommation règle la production*, et cette nouvelle maxime économique est la base de son système.

Pour en démontrer la vérité, Condillac, l'inventeur de cette découverte, suppose *une peuplade accoutumée à une vie simple* et suit le développement qui s'opère chez elle. Pour arriver plus facilement à une démonstration impossible, ce philosophe n'hésite pas à supposer d'abord l'égalité dans la répartition des richesses, et insensiblement, toujours par suppositions, il attribue ces richesses de la façon la plus inégale, en fait le privilège exclusif du consommateur, et en dépouille complètement le producteur. — Cependant, comme il ne peut parvenir à expliquer raisonnablement une contradiction dont il ne se rend pas compte, il fait, ainsi que les économistes libre-échangistes dont les théories n'ont pu convaincre personne, intervenir la révolution économique.

« Voilà, dit-il, l'état où notre peuplade a dû passer.
» Accoutumée à une vie simple, elle se sera longtemps
» contentée des premières productions qu'elle aura eu
» occasion de connaître, et il n'y en aura pas eu d'autres
» dans le commerce. — Plus recherchée dans la suite,
» elle variera dans ses goûts, préférant dans un temps ce
» qu'elle aura rejeté, et rejetant dans un autre ce qu'elle
» aura préféré. — Mais alors les choses qu'elle recherche le
» plus ne seraient pas en proportion avec les besoins
» qu'elle s'en est faits, si les fermiers, les artisans ne s'oc-
» cupaient à l'envi, de suppléer au surcroît de cette
» espèce de consommation. Or, ils ont intérêt à s'en oc-
» cuper ; car dans les commencements ces choses n'étant
» pas assez abondantes, elles seront à un plus haut prix :

» ils peuvent donc compter sur un salaire plus fort — Ils
» ne se contenteront pas d'observer ces variations qui
» leur procurent de nouveaux profits. — Dès qu'ils auront
» remarqué qu'elles sont possibles, ils mettront leur
» industrie à les faire naître, et il se fera une *révolution*
» dans les arts, le commerce et l'agriculture. *Auparavant*
» *les consommations se régleront d'après les productions,*
» *alors les productions se règleront d'après les consom-*
» *mations.*

Comment admettre qu'à l'avenir, par suite d'une révolution dans une loi naturelle, immuable au dire des économistes, la production reconnue cause première de la consommation ne se réglera plus que par la consommation,
si l'on ne veut admettre aussi que la cause qui a fait naître
l'effet n'existera plus que lorsque l'effet la fera naître ?

Il y a évidemment confusion dans l'esprit de Condillac.
Il prétend que les fermiers, les artisans, les marchands
ont intérêt à produire davantage, parce que les prix élevés
auxquels ils vendront leurs produits les y engageront. Cela
est vrai, mais de là conclure que la consommation réglera
la production, c'est une grande erreur.

En effet, d'où proviendront ces prix élevés? S'ils sont
le privilége de la consommation, si la consommation possède naturellement l'argent nécessaire pour ses achats, il
est évident que la consommation réglera la production. —
Mais il n'en est pas ainsi. — Condillac, comme la plupart
des économistes, s'obstine à faire ici du producteur et du
consommateur deux êtres différents, ce qui est absolument

faux. — Le consommateur ne peut donner des prix élevés
que parce que, par sa double nature de producteur et de
consommateur, il aura d'abord produit par son travail,
vendu le produit de son travail ; puis, ayant par son travail
antérieur le droit de commander le travail de son voisin,
étant devenu consommateur il pourra offrir à la production
des prix élevés.

Si la production demande à la consommation des prix
élevés, celle-ci, pour les payer, cherchera à vendre elle-
même son travail à des prix élevés.

De cela ne peut-on conclure que la production se règle
d'après la production, et que s'attacher, comme le libre-
échange, à des prix bas ou élevés pour favoriser la consommation sans tenir compte de la production, c'est s'attacher à une utopie.

NOTE 3.

Quelques industriels qui pensent être à l'abri de la
concurrence étrangère parce qu'ils produisent à aussi bas
prix que les industriels étrangers, s'étonnent aujourd'hui,
tout en produisant à aussi bas prix qu'auparavant, de ne pas
vendre leurs produits. Ils attribuent la stagnation de leurs
affaires à *un moment de transition*, et se résignent à espérer des jours meilleurs. Qu'ils fassent appel à toute leur
philosophie, car d'ici quelque temps ils auront l'occasion de
s'étonner davantage encore. Il ne faut pas être prophète
pour leur annoncer, à eux et à ceux qui auront fait, comme

le conseillaient si naïvement les journaux libre-échangistes, *des sacrifices d'outillages d'installation :*

1º Que s'ils produisent à prix égal des industries similaires étrangères, ils ne pourront plus offrir cette égalité de prix dès que la concurrence aura pénétré en France ;

2º Qu'ils ne pourront pas continuer à produire s'ils n'élèvent pas leurs prix ;

3º Que s'ils élèvent leurs prix, ils ne seront plus à l'abri de la concurrence étrangère.

En effet, d'un côté l'égalité du prix ne donne pas à leurs produits le débouché étranger, de l'autre le marché national se restreindra de tout le travail *(matériel et immatériel)*, par conséquent de toute la consommation que faisaient naître les industries à prix élevés qui auront succombé. La consommation de leurs produits stationnaire sur le marché extérieur, restreinte sur le marché intérieur, leur production sera réduite, les frais généraux resteront les mêmes, s'ils n'augmentent pas (*). Qu'en résultera-t-il ? Une élévation dans les prix de leurs produits ? La consommation n'y

---

(*) Il y a quelques personnes qui pensent que les frais généraux augmenteront et je suis de leur avis. L'impôt, les patentes, etc., etc .. représentent une somme dont le gouvernement a besoin, et Dieu sait si le gouvernement tient à sa consommation! Cette somme avant la concurrence était répartie entre toutes les industries ; moins il y aura d'industri s, plus la part afférente à chacune sera élevée. Par la même raison, les primes d'assurances s'élèveront aussi. etc., etc .. L'intérêt, l'amortissement provenant du loyer de l'établissement industriel seront plus faibles, parce que l'établissement industriel , loué ¡our une production donnée, ne pourra plus être loué le même prix dès que la production diminuera.

consentira pas : la concurrence étrangère ne sera-t-elle pas là pour l'en éloigner? Ainsi donc, les industriels qui se croyaient garantis de la concurrence étrangère, en dépit de leur étonnement, en dépit de leur philosophie, *travailleront à perte* et s'apercevront trop tard que si la concurrence étrangère ne les atteint pas directement, elle les ruinera indirectement. Ce qui prouvera, une fois de plus, que l'égoïsme ne constitue pas l'intérêt particulier.

NOTE 4.

En France les industriels sont, comme le dit M. Baroche, en petite minorité, et c'est un malheur pour notre pays. Mais ce serait une bien grande erreur de croire que ces industriels, en défendant leurs intérêts, ne défendent que l'intérêt *d'une petite minorité.* En défendant son intérêt, l'industriel ne défend-il pas l'intérêt de chacun des individus dont il met en œuvre et paie le travail *matériel ou immatériel,* pour produire l'objet qu'il doit livrer à la consommation?— Mieux encore, ne défend-il pas, indirectement, il est vrai, l'intérêt de chacun des autres industriels? — Lui et tous les individus qui ont concouru à son travail sont, il ne faut pas l'oublier, consommateurs après avoir été producteurs. Consommateurs, ils achètent à chacun des autres industriels les objets que ces derniers ont produits. Chacun de ces derniers industriels, après avoir touché le prix de l'objet qu'il aura vendu à ces consommateurs, payera à son tour, avec ce prix, tout le travail *matériel ou imma-*

tériel qui aura concouru à sa production. Qui pourrait donc soutenir que les intérêts des industriels représentent l'intérêt d'une petite minorité , quand l'intérêt d'une *très-petite partie* de cette minorité, quand l'intérêt d'un seul industriel représente l'intérêt total d'une partie des habitants de son pays, en même temps qu'il représente, par la consommation qu'il fait naître, une forte partie de l'intérêt de chacun des autres habitants de ce pays !

NOTE 5.

On a beaucoup écrit sur la valeur. — Chaque économiste , chaque socialiste a fait sa théorie sur la valeur. — Le prix que l'industriel fixe pour sa marchandise , et qui n'est que la réunion de tous les prix des différents travaux mis en œuvre pour produire cette marchandise, n'est souvent pas le prix qu'il obtient de celui auquel il la vend. Trop souvent malheureusement, les faits semblent démentir ce principe émis par Adam Smith, que le travail est la *mesure réelle de la valeur*. Les économistes ne tiennent aucun compte du *travail immatériel*, en méconnaissent l'influence sur le *travail matériel*. Aussi, dans la mesure des valeurs, ils cherchent à établir en règles générales les cas particuliers de la règle reconnue par Smith. Ils parlent *de l'utilité des produits*, du rapport *de l'offre à la demande*, et finissent presque toujours par où ils auraient dû commencer. Ils recommandent l'intelligence (qu'est-ce que l'intelligence industrielle?) aux in-

16

dustriels, aux ouvriers, les engagent à *connaître* leurs *véritables intérêts*, à *penser* qu'ils ne doivent pas chercher à se faire concurrence dans un travail trop répandu et par conséquent mal payé, à ne pas augmenter par leur présence, la concurrence qui existe déjà, parce que les prix peu élevés du salaire dans ce travail s'amoindriront encore s'ils viennent y prendre part, etc., etc.

Le travail, s'il *était intelligent*, ne serait-il pas *réellement la mesure des valeurs?* — Tout homme fournissant par son travail la part exacte de production qu'il doit apporter à la société, ne deviendrait-il pas le maître de régler le prix de son travail, et tous les autres agissant ainsi, le travail ne tendrait-il pas à être *réellement la mesure des valeurs?* Le travail étant réellement la mesure des valeurs, ne procurerait-il pas le bon marché? Le gouvernement ne doit-il pas *travailler* lui aussi à ce qu'il en soit ainsi? Alors pourquoi cette folle concurrence, si ardemment recherchée sous le nom du libre-échange?

NOTE 6.

Dans un pays, les principales de ces institutions consistent dans l'extrême division du travail gouvernemental, dans l'emploi par un gouvernement d'un plus ou moins grand nombre de fonctionnaires, plus ou moins utiles, etc. etc.... dans le progrès des campagnes, c'est-à-dire dans l'état de la culture, de l'instruction de la population rurale, dans l'agglomération (¹) ou la diffusion de cette population, dans ses mœurs, ses habitudes ; dans la division du travail industriel qui abaisse les prix, dans la division du travail commercial qui les élève et qui, malgré cette apparente contradiction des hauts prix avec le bon marché, n'en donne pas moins le bon marché par le jeu intelligent de la *spéculation*, du *crédit*, de *l'intérêt*, de *l'assurance*, dans les facilités qui déterminent la multiplicité et l'importance des échanges du commerce intérieur, commerce qu'il est impossible de calculer même approximativement, etc...

Les libre-échangistes prétendent qu'en donnant par la concurrence, les bas prix des objets de consommation à celui dont le travail concourt à la formation d'un produit, le prix du travail de cet individu et par conséquent le prix du produit qu'il aura contribué à fabriquer s'abaisseront. Ne se trompent-ils pas?

---

¹ La misère ou la prospérité dans les campagnes semblent être en rapport de l'agglomération ou de la diffusion des populations. Dans les départements du Nord et de l'Est, la population est agglomérée, les campagnes sont riches et en progrès; dans l'Ouest au contraire, il y a diffusion de population et misère. En Bretagne, par exemple, il y a plus de hameaux d'une dizaine de maisons qu'il n'y a de villages, et plus d'habitations isolées que de hameaux. L'administration qui voudrait s'occuper de ce pays, s'apercevrait bien vite que la Bretagne est une mine d'or jusqu'à présent inexploitée. On répète sans cesse que le *capital manque*. Qu'est-ce donc que le capital? N'est-ce pas le résultat du travail, et du travail intelligent joint à l'épargne? Le travail et l'épargne ne peuvent-ils se développer en Bretagne? Si les populations rurales sont assez intelligentes pour travailler et épargner, et elles le sont, pourquoi le capital n'enrichirait-il pas la Bretagne?

Qu'ils nous donnent à égalité de prix non seulement les matières premières et les travaux qui concourent matériellement à la formation du produit, qu'ils nous donnent non seulement aux mêmes conditions que l'étranger : le *capital*, le *crédit*, l'*intérêt*, l'*assurance*, la *spéculation*, etc. etc., mais qu'ils établissent encore entre notre pays et l'étranger une parfaite similitude d'institutions nationales, un commerce intérieur aussi important ; que par la chute de tous les monopoles du gouvernement de notre pays, ils nous assurent la *vraie liberté* du commerce, la *vraie liberté* de l'industrie, qu'ils nous donnent cette *vraie liberté* dont ils ne parlent jamais, alors nous lutterons avec avantage contre la concurrence étrangère, nous produirons à aussi bas prix que l'industriel étranger.

NOTE 7.

Je pense être d'accord avec les faits. — Lorsque le prix de l'un des produits les plus indispensables à l'existence des individus d'un pays, par une circonstance ou par une autre, arrive à être plus élevé qu'il ne l'était précédemment, tous les autres produits successivement et selon leur degré d'utilité tendent à atteindre des prix proportionnellement plus élevés. — C'est un fait depuis longtemps observé par les commerçants, que lorsque le blé atteint un prix plus élevé, tous les autres produits suivent dans leurs prix la même marche ascensionnelle. Cette année-ci, cependant, tout fait craindre que malgré les hauts prix du blé, les autres produits ne restent à bas prix (*).

Les autres exemples ne manquent pas. A Paris les prix des loyers se sont élevés, les prix des produits, les prix du travail ne s'y sont-ils pas élevés ? Il y a quelques économistes du jour qui cherchent gravement le remède à cette cherté des loyers. Ils croient qu'en bâtissant beaucoup on abaissera le prix des loyers. La concurrence abaissera, il est vrai, le prix des loyers, mais pas aux prix antérieurs. Après avoir ruiné les locataires, on ruinera les propriétaires.

Dans les objets indispensables à notre existence sociale, n'y a-t-il pas eu élévation de prix, et cette élévation de prix n'a-t-elle pas réagi sur les prix de tous les autres produits de notre pays ? Les communes, l'administration, le gouvernement, ont mis les services qu'ils rendaient à la société à des prix plus élevés par l'augmentation des droits d'octroi des villes, par les impositions extraordinaires des départements, par l'accroissement des impôts qui pèsent sur toute la France, les prix de la plupart des objets de

---

(*) Bien des gens pensent que le blé étant cher, il serait très heureux de pouvoir donner à une population les objets de consommation à bas prix. C'est le raisonnement des libre-échangistes voulant remédier à la cherté de la vie par les bas prix de la concurrence. Cependant, en y réfléchissant un peu, la cherté du blé combiné avec les bas prix des objets de consommation ne produirait dans un pays autre chose que la plus affreuse misère. En effet, comment se règle le prix du travail d'un individu ? par le prix du blé. Comment se règle le prix d'un produit ? par le travail de l'individu. Ainsi donc, quand le blé est cher, il est de l'intérêt de l'individu de vendre son travail à un prix plus élevé ; mais il ne vendra pas son travail à un prix élevé, il le vendra au contraire à un prix très bas si le prix du produit qu'il contribue à fabriquer, si le prix de l'objet de consommation est bas.

— 246 —

consommation, toujours en commençant par les prix des
objets les plus indispensables, se sont élevés dans une rapide
progression. — Il y a souffrance, je suis loin de le nier. Mais
pourquoi y a-t-il souffrance? C'est parce que chacun n'est
pas arrivé à rétablir un équilibre rompu par l'élévation
du prix des loyers , par l'élévation du prix des services immatériels du gouvernement; c'est parce que chacun n'est pas
encore arrivé à rétablir l'ancien équilibre qui existait entre
l'ancien prix de son travail et l'ancien prix des loyers, entre
l'ancien prix de son travail et l'ancien prix des services du
gouvernement. Cette souffrance disparaîtra dès que par des
prix progressivement élevés de chaque produit, de chaque
travail, cet équilibre sera rétabli pour chacun. Alors on ne
souffrira plus , mais *l'argent aura perdu de sa valeur.*
Aujourd'hui, parce que la vie est chère, on s'en prend aux
prix des objets de consommation, comme si la cherté
dépendait d'un *prix* plus ou moins élevé par lui-même,
plutôt que du rapport qui existe entre le prix du travail et les
prix des objets les plus indispensables. Aujourd'hui qu'il
existe une disproportion anormale entre le prix de bien des
travaux et le prix des objets les plus utiles à la vie , que cette
progression du prix de bien des produits que nous re-
marquons n'est que l'effet naturel d'un équilibre que
chacun cherche à rétablir à son profit , le libre-échange
veut arrêter cette progression des prix de notre pays par
les bas prix de la concurrence étrangère, et cela pour le
plus grand bonheur de chacun! — Le libre-échange est-il
sérieux quand il prétend que la prohibition est absurde?

Nantes, imp. Et. Mangin.